Bernd Marcel Gonner

VOLK DER FREIEN

Erzählungen

Illustrationen von Michael Blümel

KILLROY *media*

Impressum

Herausgegeber
Michael und Joachim Schönauer

Lektorat
Martin Plan

Illustrationen
Michael Blümel

Umschlagbutton
Gerhard Obermaier

Layout und Satz
Frank Schaaf
agenzia:gmbh, Ludwigsburg

Druck und Bindung
Pustet, Regensburg

FSC www.fsc.org
MIX
Papier aus verantwortungsvollen Quellen
FSC® C014889

FONDS CULTUREL NATIONAL

Veröffentlicht mit der Unterstützung des Nationalen Kulturfonds Luxemburg

ISBN 978-3-931140-29-8
1. Auflage 2021

Inhalt

Volk der Freien

Geschichten von Grenzgängern und Grenzgängen allesamt. Im Berlin der Weimarer Republik taumeln Gustav Regler und Ernst Bloch durch den Vorschein ihrer Utopien – scheinbar mit Händen zu greifen, doch Worte wiegen ihnen mehr –, und blicken zugleich in die Fratzen der alten und der heraufkommenden Zeit, Anna Seghers verbarrikadiert sich im Ost-Berlin der 70er-Jahre, während Nicolas Born sich vom Mauern der BRD ab- und dem Menschen allein zuwendet, Ernst Meister möchte in einem Staat, der wieder mit Gummiknüppeln seine Sachen zu ordnen beginnt, noch den ungeborenen Kindern in die Augen sehen können, Jaro sehnt sich im Berlin der knappen Nachwende nach der Tag- und Nachtgleiche der Liebenden, statt nach der einen schnellen Liebesnacht – und vorbei –, eingeklemmt zwischen einem fallenden und einem auf dessen Trümmern trampelnden Staat, in den Ruinen Leipzigs (dystopisch gedacht möglicherweise) richten junge Aussteiger und Anarchisten einen subversiven Laden zur Aufklärung von Kindern ein, um diese aus den Zwängen des Systems zu holen, in einem abgerockten Europa mit Epizentren in den großen Städten wie in den hintersten Winkeln der Länder suchen allerlei Heranwachsende, im Gepäck wenig mehr als heißen Kopf, Herz und Hand, nach Gefährten, mit denen sie ein neues Wechselspiel zwischen Denken und Verhältnissen buchstabieren und aufbauen lernen können – Janoš, Lena, Karl und Paul zum Beispiel sind ihre Namen und wieder Karl und Paul, Wiedergänger wie die Geschicht(en). Geschichten davon, wie der Mensch das Gefüge von „oben“ und „unten“ ins Werk gesetzt hat: das von Bevormundung und Duckmäusertum, das ihm wie eine zweite Haut anhängt –, und was es heißt zu brennen: für die Sache des aufrechten Gangs und des „Keine Macht für niemand“.

Auf Nimmerwiedersehn oder Was man so braucht zum Leben

Lange genug hat man die Menschen vorangetrieben, indem man ihnen die Eroberung des Himmels ankündigte. Wir wollen noch nicht einmal darauf warten, bis die ganze Erde erobert ist.
(Zo d'Axa, Leben ohne zu warten)

„Auf Nimmerwiedersehn, kleine Stadt", hatte Paul geflüstert, als der Zug sich in Bewegung setzte. „Auf Nimmerwiedersehn, schwarzer Gulli, in dem ich mein erstes Walnussschalenboot versenkt habe." Das mit dem Walnussschalenboot war gelogen. Es war ein Steckmännchen gewesen, ein konischer Pflock auf einer Standscheibe, über den er immer kleiner werdende Plastikringe in den Farben eines psychedelischen Regenbogens geschoben hatte, bis der Clownkopf an der Reihe war, grinsend, das Siegeszeichen, das „Geschafft" am Ende der Mühe. Ruhe für die wuselnden Finger. Doch die hatten gleich ihr Zerstörungs- und Abbauwerk begonnen. Und Paul mitten im strömenden Regen – unter seinem Plastikcape, mit ineinander verdrehten Beinen, die aus dem Wachsen nicht mehr herauskamen, in den Rinnstein vertieft – einen Regenbogen nach dem anderen dem Wasser anvertraut, das gurgelte, schmatzte und lockte, Schaumkronen, Laubreste und Kaugummipapiere mit sich führend, heim in sein Reich, das ihm unter den Eisenrippen des Gullis schwante. Und im höchsten Sommer, unter der stechendsten Sonne, der Tag schon fast verloren mit Zögern, Aufschieben, Sich-Überreden, hatten sie, Paul und drei Mädchen, gewagt – und der Anlauf dahin steckte ihnen noch in den Knochen –, den Rost anzuheben, sechs, sieben ringende Hände, und mit einem schweren Rumpeln, einem mehr als menschlichen Aufstoßen aus den Gedärmen eben dieses Gulli- und Abflussreichs, hatten sie ihn um eine Rippenbreite gehoben und Richtung Asphaltschwarz verschoben – das Gefühl der unter dem Tonnengewicht gequetschten, blassen Fingerspitzen kalt mit dazuserviert –, die Beine weich, der Magen flau und verstopft zugleich hatten sie danebengestanden, ein magerer Fuß am anderen mageren Fuß, und in einem letzten Zusammenkratzen der Kräfte hatten sie, vier Hände und zwei Paar schiebende Füße, das Monster zurückkrachen lassen in die Senke des Schlafs. Gute Nacht, Angst. Die Ringe und Regenbogen schlummern lassen in der Tiefe.
Später, größer geworden, hatte Paul die Straßenarbeiter beobachtet, wie sie, an einem schwindlig dünnen Draht, wie es ihm schien, den Topf aus dem Schacht geholt hatten, Männergesten mit einer Härte, bei der man besser nicht fragt, woher sie kommt, und

Laub, Zigaretten- und Asphaltschorf herausgekratzt hatten auf den Handkarren daneben. Mit derselben Härte den Karren hoch, gerade so weit, dass es reicht für den verzogenen Mund und man die Zigarette spürt im Winkel, und weiter zum nächsten Topf.

Auf dem Volksfest hatte Paul den ersten Film von der Ewigkeit gesehen. Farbensatt, kalt, falsch schon damals. Zuerst hatte das Bild einer Frau die Leinwand gefüllt, durchweht von Flaggen, getragen von der Hymne des Landes, „die Volkskanzlerin", wie seine Mutter, den Kopf gesenkt, als gäbe es eine Andacht, ihm zugeflüstert hatte. Ihr Kostüm hatte die Farbe der Sägespäne auf dem Boden gehabt. Dann kam der richtige Film. Die, die nichts mehr zu verlieren hatten, sprengten sich, einen Gürtel Nitroglycerin um die Hüften, vor Supermarktkassen in die Luft. Granaten explodierten vor Behördenbauten und an Tramhaltestellen. Einer schoss einen ganzen Bus nieder, erst die Insassen, dann den Fahrer, bis das steuerlose Fahrzeug die Leitplanke durchbrach und, mit dem Zeichen des Bluts auf den Scheiben, in den Gegenverkehr drehte. Die Vergeltung kam. Bomben fielen auf Stadtquartiere, über denen bereits der Rauch stand. In Straßenkämpfen hob das Militär Verstecke des Widerstands aus, Schreie, Schläge und Brüllen noch Tage danach in den Hinterhöfen zu hören, wer hören wollte, feuerte in Büros, in denen Halbwüchsige, Jungs mit dem ersten Bartflaum und Mädchen mit den vollen Lippen der Jugend über Flugblätter gebeugt an Tischen oder im Kreis auf dem Boden saßen, schleifte Männer und Frauen mit erhobenen Händen, solche mit zerschossenen Beinen und mit Schaum vor dem Mund Verendende ohne Unterschied in die Kastenwägen. Die Toten kippte man in Gruben, die mit zerschossenen Beinen, die Brüllenden, denen der Augapfel bereits wegkippte, schmiss man bei voller Fahrt aus dem Wagen, und die, die aufgegeben hatten, sahen ihr Lebtag lang das Sonnenlicht nicht mehr. Dann begann die Zirkusvorstellung. In Pauls Kleinstadt sprach man über Tomatenfäule und Kürbisdünger und zischte, wenn einer auch nur fragend auf die Jahre des Kampfs zu sprechen kam. Die Provinzblätter berichteten akklamierend und in ganzseitigen Farbdrucken über die immer neu aufgerichtete Ewigkeit, die Gegenwart und Zukunft derer sein sollte, die mit der Regierung der Volkskanzlerin und ihrer Minister waren. Die Zeitung auf den Knien, fingerte man nach dem Goldstaub, den man unter dem Mienenspiel der erwählten Kaste ahnte, der ihr Lächeln salzte und ihre Gnade so teuer machte. Man wollte sie anrufen, wenn sie von den Fernsehschirmen herunter leuchteten, gutangezogen, glattrasiert, denn sie schienen a l l e Gebete zu erhören. – Auf den Trümmergrundstücken sprossen die Birken. Paul fragte, was geschehen war, und danach, was geschah. Paul bekam keine Antwort. Paul verschnitt sich die Haare und färbte sich den Rest bald rot, bald blau, bis er den Regenbogen durchhatte. Er stülpte sich Stiefel über die Wollsocken, krempelte die Hosen bis knapp zu den Knien hoch und hörte auf zu baden. Nur bei Vollmond und Neumond sprang er in den kleinen Baggersee in der Mulde, der vom angeschwemmten Ackerboden her langsam verlandete. Man mied Paul. Paul studierte den Fahrplan. Paul las Gazetten, die ihm auf dem Bahnhof Durchreisende zusteckten, weil sie in ihm Ihresgleichen erkannten. Auf einer windigen Landkarte aus der Zeit vor der Ewigkeit, die er zwischen Schmieröl und schwarzen Lappen in der Garage des Nachbarn gefunden hatte, suchte er sich eine Stadt, die ihm groß genug schien, um dort einen Gefährten zu finden oder zwei. Dreimal, vielleicht viermal umsteigen, keiner konnte ihm das so genau sagen, dann wäre er da. Er bestieg den Zug und entkam.

„Ick hab meinen Hampelmann im Gewitter verlorn“, hatte Karl erklärt. „S war kein Hampelmann bei mir, s war sowas Ähnliches wie ein Geduldspiel für Blöde, die's erst kapieren, wenn der Clown obendrauf grinst“, hatte Paul geschmollt. „Aber beide weg jetzt“, hatte Karl beharrt, als wäre alles und für immer zuende.

„Ick hock mich neben dir, weil du mir sympathisch bist“, hatte Karl gesagt, und gleich darauf „Ick bin der Karl und wenn du willst, bin ick dir auch sympathisch.“ Paul hatte sich die Hände am speckig grauen Velours des Sitzes abgewischt und Karl die Hand gegeben. Weil es gut war, einen, den man mochte, gleich zu spüren. Karl hatte seine Hand ebenfalls übers Polster gezogen, schief geguckt und Pauls Hand gepackt. Die Sitze hatten gequietscht, so hatte Karl

ihre Körper zum Schwingen gebracht über den harten Sprungfedern. Nach einer Weile wusste Paul, wo er wohnen würde. Bei dem Kerl mit den bunten Haaren, zerzaust wie sein Reden. Karl hatte von den Fellen auf seinem Bett erzählt, breit genug für drei, von der roten Katze, die im Zimmer hinter seinem auf dem Sessel mit der eingesteckten Autokopfstütze schlafen würde, Cord mit Kunstleder, der Geruch einer anderen Zeit, fünfzig Jahre zurück, und immer noch ohne merkliche Zeichen der Zersetzung. Ansonsten hole sich die Natur eh alles zurück, und in seinem Laden – „Ne, ick verkauf nichts außer mich", hatte Karl gesagt und gelacht – sei sie schon ganz schön vorwärtsgekommen.
Die Straße war düster, kaum eine Laterne funktionierte, und Glas gab es bei keiner mehr. „Räuber", schnauzte Karl zu den Laternen und zeigte in die halbe Biegung, auf das Haus einen Ton dunkler als die daneben, ein Braun, das zugleich auf dem Rückzug und am Beginn eines Erblühens hin zu einer anderen, noch gänzlich unbekannten Farbe war, mit Löchern von Granateinschlägen oder Maschinengewehrsalven gesprenkelt; „Lies mal!", sagte er, und Paul las: „Feinkost". „Dat essen wir jetzt", sagte Karl und zog Paul über die Straße; das Kopfsteinpflaster hatte bereits verloren gegen die Schlaglöcher, den Klau, das Nachgeben des Sands darunter und glänzte trotzig rötlich auf, eine Ahnung von Heide, aus der Paul gerade kam, und Paul nickte und begrüßte sein Zuhause. „Auf Immerwiedersehn, rote Steine", grunzte er, „wir werden uns gut verstehn." Karl schleifte ihn an einem Arm auf den Gehsteig und, mit der freien Hand die Tür aufdrückend, in seinen Laden. Sie aßen Radieschen mit Brotrinde und gelber Butter und zupften Feldsalatnester mit bloßen Fingern aus der Schüssel. Die Straßenlaterne gab etwas Licht, und zum Abspülen zündete Karl die Karbidlampe am Ausguss an. „Weil heute ein Fest ist", sagte er. Paul spuckte den Sand als Gruß vom Salat in den Ausguss und riegelte die Ofentür auf. „Ick wasch mir nicht", rief Karl. „Teller und Schüssel wollen auch mal baden", rief Paul und stopfte, auf den Dielen vor der Ofentür hockend, Reisig und Äste ins Ofenloch. Die Katze schaute durchs Glas der Tür und machte Männchen. Karl sprang auf und öffnete ihr und mit einem Satz auch den Schlupf in den dämmri-

gen, hallenden Raum dahinter. Die Tür zur Katze blieb auf, Karl und Paul schmiegten sich aneinander, als würden sie es nicht anders kennen. Pauls Bauch hob sich an Karls Rücken, seine Arme um den haarigen Körper, hinter ihnen das Licht der Laterne, das durch die Ladenscheibe sickerte, grau, ein bisschen bitter, ein Morgen anderer Art.

Karl stand mit der Dämmerung auf. Im Winter schlug er Bäume im Wald, der drei Straßenzüge hinter i h r e r Straße begann und früher, diese Ewigkeiten her, ein Park gewesen war. „Clara-Zetkin-Park" las man auf einem Steinblock, der die Grenze des Walds markierte, Metalllettern, von denen keiner mehr wusste, wie sie zu gießen seien. Karl nutzte die Höhlung unter dem Stein als Bier- und Limonadendepot, und die Eichhörnchen bunkerten dort ihre Nüsse, für welchen Aschenputteltag auch immer. Dort wartete Karl manchmal, bis er den Beginn des Dunklerwerdens zu erkennen glaubte, den er mit Paul ironisch „Feierabend" nannte, er wusste nur noch nicht, worauf. Die Stämme rückte er mit einem Pferd zum Holzplatz am Rand des Walds, geliehen von einem Alten, der in seinem Keller schwarzes Süßbier braute aus Zutaten unklarer Herkunft. Sie halfen sich gegenseitig. Weil winters Brauzeit war, war der Alte froh, dass jemand das Pferd bewegte und es nicht nutzlos, futterfressend im Stall stand. War der Winter vorbei, sägte und spaltete Karl das Holz und setzte es zu großen Pilzen oder seltsamen Hüten auf, je nachdem, welche Laune ihn packte, und am Abend half er dem Alten beim Fässer- und Kistenaufladen für die Lieferungen des kommenden Tages. Alle fünf Tage, er zählte es genau auf einer Strichliste hinter der Eingangstür, setzte er, Topf für Topf, Wasser auf dem Herd auf, füllte eine Zinkwanne im Hof bis zum Schmutzrand und badete. Paul stieg nach ihm in die milchige Brühe. Er fand eine Stelle bei einer Zeitung am anderen Ende der Stadt, keine Stimme der Propaganda, kein Sprachrohr der Macht. Deren Besitzer, alterslos, dünn, fast durchsichtig und auf eine aufrechte Weise gebeugt, sah Pauls Hände und sein verfärbtes Haar und stellte ihn ein. Paul schrieb Reisereportagen über Länder, in denen er noch nie gewesen war und in die er niemals würde reisen können. Er schrieb Backrezepte, die er in Abenteuergeschichten in

schier endlosen Fortsetzungen verpackte, Klatschgeschichten, so erfunden, dass man sie bald wieder für wahr hielt und geheime Botschaften dahinter zu lesen begann.
Basti tauchte auf. Manchmal saß er bei Karl und Paul im Hof und schnitzte Steckfiguren oder Hampelmänner. Seine Nietenarmbänder schreckten die Nachbarsbälger, doch sein grüner Schopf zog sie magisch an. „Grünkohl", riefen sie und kreischten. „Habt ihr wat zum Futtern für schlechte Zeiten", sagte er und schnitzte weiter. Sie fuhren mit der Straßenbahn zu Waldweihern, baden. In der gröbsten Kälte legte Basti sich zwischen Paul und Karl ins Bett. Die drei liebten sich. Im Lauf eines Winters backten sie ein mannshohes Steckmännchen, Ring für Ring, auf einem Holzgerüst montiert, vom Schwimmreifen für halbe Riesen bis zum Schrumpfkringel, das sie nicht aßen, sondern beinhart werden ließen und im Vorfrühling wie eine Vogelscheuche oder ein Totem vor den Laden stellten. Regen, Schnee und Hagel fraßen das Urvieh, bis nur noch der Holzstecken auf seiner Platte dastand und ihnen als Halter zum Trocknen durchgeschwitzter T-Shirts diente. Paul nahm Basti mit in die Zeitung. Dort saß er in einem Kabuff neben der Schneidemaschine und bastelte Briefumschläge oder klebte alte Zeitungsnummern zwischen farbige Aktendeckel.

Zuhause warteten die Kinder. Karl saß auf dem Pflaster vor dem „Feinkost" und belegte Brote mit dünngeschnittenem, salzschwitzendem Rettich. Die Fratzen traten von einem Fuß auf den anderen. Dem kleinsten hing die Pappkrone schief in die Stirn, und die Nase lief. Der Größte mit dem fadendünnen, metallisch grünen Umhang kam auf Paul zu. „Der", sagte er und deutete auf Karl, „spricht nicht mit uns." „Quatsch", sagte Karl, „Die müffeln." „Mehr als du?" „Viel mehr." Der fast so Große wie der Große, das Gesicht rußverschmiert, schnüffelte am Ärmel seines Pyjamas, den er über Hemd und Hose trug. „Ne", sagte er, „nichts." „Die müffeln", sagte Karl und stand auf. „Wir suchen den Stern von Bethlehem", beharrte der mit dem Umhang. „Der ist runtergefallen. Genau hier", sagte Karl und steuerte auf sie zu. „Ihr seid angekommen." Die Kinder rückten ein Stück von ihm weg. Paul kickte die Tür auf. „Baden", rief er. Karl stieß ihm sein Knie in den Hintern, „Wasser marsch, Kleider aus und rinn in die Wanne!“ Die Knirpse rammten den Kinderwagen gegen den Fahrradständer und johlten. Der Kleine, Rotz im Mund, lachte kurz mit, schluckte, flennte los. Der Ofen glühte, Paul schleppte einen Eimer nach dem anderen in den Hof, und der Kleinste saß schon in der Wanne, platschte im lauwarmen Bodensatz. „Was wollt ihr?“, rief Karl plötzlich in den leeren Eimer und krachte ihn, ohne auf eine Antwort zu warten, an die Hauswand. „Kinderwagen“, brummte er. Seine Stiefel klatschten in die Wasserlachen, Hinter- und Vordertür schlugen an, er packte den Wagen und rumpelte ihn über die Schwelle. Schaufelte die Bücher, die darin lagen, auf einen Hocker neben dem Ausguss, hielt inne, starrte einen Moment lang in den Wagen und hob dann einen verfransten Plüschsaurier heraus. „Und? Wo schlaft ihr?“ „In der Wanne!“, riefen die Fratzen vom Hof her. Er schob das Sofa ins Hinterzimmer, klappte es auf und schnalzte Tabakreste und Krümel aus dem Falz. Paul warf ihm ein Laken zu, die Sperrholztüren des Schranks hingen windig in den Angeln, Drachen auf dem Flug. Karl hielt das flauschige Tuch in den Händen, das nur auf die Kinder gewartet zu haben schien. Mit knappen Handgriffen spannte er es über dem rauen Drell und küsste Paul schnell. „Schlafen!“, rief Karl, als das Badewasser braun glänzte und die Straßenlaterne vorm Laden anging, „Kerzen nur für die Toten.“ Die Kostüme der Kinder wippten an Bügeln im Schaufenster, die Krone auf dem Brett der Auslage, und die sechs Stiefelruinen darunter soffen vom Licht, das über sie strömte.

„Danach also haben unsre müden Äuglein …“ – Karl deutete aus dem Bett zu den Kinderschuhen.

„… Ausschau gehalten.“

„Ohne’s zu peilen.“ Er beulte seine Backen aus.

„Du.“

„Du auch.“

„Deshalb die Limonade unter dem Stein.“

Karl nickte, ohne dass Paul es sah.

„Wir helfen ihnen raus aus ihrem Dreikönigsschlamassel“, sagte Paul schließlich.

Karl kugelte aus dem Bett, machte einen Satz zum Bücherstapel. „Wie werde ich ein König", las er.
„Du siehst nichts", sagte Paul.
„Steht da. Garantiert." Karl warf das Buch auf den Stapel zurück. „Und was machen wir jetzt mit Kaspar, Melchior und Balthasar? Heimschicken ins Morgenland?"
„Das ist abgebrannt."
„Das war Schlummerland. Das Land, wo die Kinder nie aufwachen, weil sie dumm gemacht werden."
Paul spürte seinen Speichel auf der Wolldecke. „Wir bringen ihnen alles bei."
„Wer?"
„Du. Ich."
„Du und ick." Karl rollte sich neben Paul, den Kopf am Fußende, und pulte zwischen dessen Zehen. „Ick fürs Praktische und du fürs Wissen der ganzen Welt. So wie sie war vor der versauten Ewigkeit und wie wir sie brauchen für die Zeit danach."
„Und Basti zeigt ihnen, wie's draußen so geht."
Karl stemmte sich hoch. „Wetten, die haben sie aus der Schule geschmissen. Zu doof für ihre Gehirnwäsche, von wegen Elite und Vorhut der Härte. Sie haben ihnen zu wenig von ihrem klebrigen braunen Sirup eingeflößt, von ihrer grauen Pampe, die die Köpfe verschlammt. Glück gehabt, die Müffler."
„Frisch gebadet", sagte Paul noch und nickte weg.
Basti klopfte gegen die Scheibe. Er zwängte sich zwischen Paul und Karl. „Nimm die Nieten weg", raunzte Karl.
„Widerstand stachelt." Basti schmiegte sich an ihn. Sie schliefen ein.
Keine Propaganda mehr aus den Lautsprechern zwischen der einen dreckigen S-Bahn und der anderen, keine Kurz- und Schreisätze mehr, die einen vor die Plakatwände zerrten und die Hirne zuschissen, keine Fahnen, die sich auf den Videoschirmen der Plätze in Trance schwenkten, Gruß ans nimmermüde Morgenrot, dem die Vielen mit einer feuchten Scheibe Brot mit Ersatzmarmelade am Morgen und einer Flasche Algenbier am Abend entgegengingen und dazwischen vor den Fließbändern verhungerten, die Aus-

flüge in die Welt-der-Wunder-Parks am Wochenende nicht vergessen. Und jetzt: die Missgeburten, von den Propheten verheißen seit Anbeginn. Die Lahmen, Hosenscheißer und Krücken. Das Brüllen der Plakate verstummt, die Welt-der-Wunder ein Spielplatz des Sands, über dem die Vorzeitgötter wieder glitten vom Morgen- ins Abendrot. Sie würden ihren Kindern erzählen von der Ewigkeit als von der Zeit der großen Bedrängnis, und die Schallwellen ihres Erzählens würden in die fernste Zukunft tragen, nicht geraunt, kein Mythos, schneidend klare Sätze, die schmerzen wollten, die ganze Wahrheit von den Priestern des Baal, ihre Tagebaufräsen wie Weidetiere vor sich her getrieben, ihre Ackermaschinen wie Spielzeug für Kuckuckskinder liebkost, von den Kohorten ohne Barmherzigkeit, die die Liebe noch im Schlaf meuchelten und selbst die Härtesten ihrer Brut nur mit dünner Milch nährten, Mahlwerk des eigenen Untergangs – und immer die Lüge vom neuen Morgen auf den Lippen. Noch einmal schlafen, nur noch zweimal, noch dreimal aufwachen, dann ist er da. Ewigkeit. Amen. Fresst.
Die Kinder lernten. Die Kinder badeten. Sie wuchsen aus ihren Kostümen heraus, die im Schaufenster ihre Farbe verloren. Karl nahm sie mit auf den Holzplatz, er brachte sie zu allen Handwerkern, die er kannte, zu Schustern, Schneidern, Töpfern, Gärtnern. Sie lernten, was sie lernen wollten. Paul lud Bücher um Bücher auf den Tisch. Die Kinder blätterten auf den Stühlen sitzend darin, sie kauerten mit Büchern um sich auf den Dielen, sie lagen mit herausgetrennten Seiten im Bett und auf der Auslage in der Sonne. Wenn sie etwas nicht verstanden, fragten sie Paul, und Paul gab ihnen auf alles Antwort. Sie lernten mehr Sprachen, als sie sich merken konnten, verfuchste Wörter, die ihre Münder lässig ausspuckten wie Kerne. Paul sagte ihnen neue Wörter im Schlaf vor. Futter für später. Sie schliefen im Sommer wenig und im Winter manchmal so lange, bis Karl mit dem Holzmachen fertig war und Paul die Karbidlampe anzündete. Sie schrieben Reisereportagen, Abenteuergeschichten und Backrezepte für Riesen und Zwerge. Sie zeichneten Routen durch die Wildnis jenseits der Stadt und stopften die Pläne in die Balgfächer ihrer widerspenstigen Hosen. Sie lernten zu unterscheiden zwischen Gut und Schlecht. Sie lasen die Parolen auf

den Plakaten mit Abscheu, stummem Groll in den Gedärmen und geballter Faust in der Tasche. Sie spuckten auf die Lautsprecher, die in den Bahnunterführungen und Bombenlücken zwischen den Häusern quakten. Daran erkannte Karl, dass es Zeit war. Die Kinder würden gehen, im Morgengrauen oder im Abendlicht, und er und Paul würden Abschied nehmen und winken. Oder nach Hause kommen und das Schrammen des Kinderwagens über Dielen und Schwelle des „Feinkost“ schon in der halben Biegung der Straße hören.
In der Morgendämmerung streifte Kaspar Umhänge und Pyjama vom Bügel und verstaute sie im Kinderwagen. Die Krone drückte er sich auf den größer gewordenen Schädel, bis sie platzte. „Also Morgendämmerung“, dachte Karl und stapfte zu seinen Stämmen. Im Abendlicht, als Paul über die rötlich glänzenden Pflastersteine zum „Feinkost“ auf der anderen Straßenseite stolperte, vernahm er das Kratzen der rostbetauten Kinderwagenräder auf den Dielen, sah Balthasar von hinten anschieben und wie Melchior den Saurier in die Auslage setzte. Noch mit halber Kindergeste und doch war etwas Gültiges dabei. „Abendlicht also“, dachte Paul und winkte ihnen. Die Hände, die jetzt doppelt so groß waren wie vor Jahren, winkten zurück. Im knappen Sonnenschein bogen sie in die Kurve, vom Gegenlicht fast schon geschnappt, überblendet, zerstoben, ihre Himmelfahrt. Karl nahm die Liste hinter der Eingangstür ab, auf der er die Tage gezählt hatte, strich- und bündelweise, die sie leben gelernt hatten. Paul strich den Bogen glatt und drückte ihn gegen die Scheibe, bis die Straßenleuchte anging und wie ein Röntgenlicht durchs Papier fuhr. Er sagte: „Knochen, Herz, Lunge, was man so braucht zum Leben, und in eure Köpfe kann eh keiner schauen.“
Im November, Laubfall, Wind, der die Fassaden hochstäubte, kam Paul von einer Samstagstour durch die Vororte zurück. „Ich hab sie gesehen“, sagte er zu Karl, der auf der Schwelle saß und eine Zigarette drehte, magnetische Krümel an den Fingern und im Handteller. „Gesehen“, wiederholte Karl. „Klar.“ Er streifte die Krümel an der anderen Hand ab und guckte in den Handteller. „In einem Laden bestimmt wie dem hier.“ Paul nickte. „Und eine

Horde Kleener mit Tretroller und Kaugummi vorm Hosenlatz hat dortgestanden und rinngeglotzt.“ Paul nickte wieder und kratzte eine Handbreit Straßen- und Blütenstaubkruste von der Scheibe. „Eine Weile haben sie rumgedruckst, aber dann sind sie rein. Mit Türglockenschellen und all dem Zeug.“ Karl zupfte Tabakreste von den Zigarettenenden. Schaute auch die an. „S geht los“, sagte er. „Ein neuer Laden. Ihr Zuhause. Unsre Zukunft, nach Babypisse stinkend.“ Er zog seinen Stiefel über das Pflaster und ließ ihn losscharren. „Wir schlafen den Winter“, sagte Paul. „Wir schlafen den Winter“, wiederholte Karl. „Damit wir im Frühjahr ausgeruht sind, wenn neue Knirpse kommen.“ „Erstmal schlafen“, sagte Paul und machte einen Satz über Karl weg, der duckte sich, „Knochen, Herz, Lunge, was man so braucht zum Leben, und in eure Köpfe kann eh keiner schaun“ scharrte er mit dem Stiefel in den Sand, der zwischen den Steinen überall durchkam.

Hundert Prozent

Was wissen wir, ob Weltenschöpfungen nicht die Folgen von stürzenden Sandkörnchen sind?
(Victor Hugo)

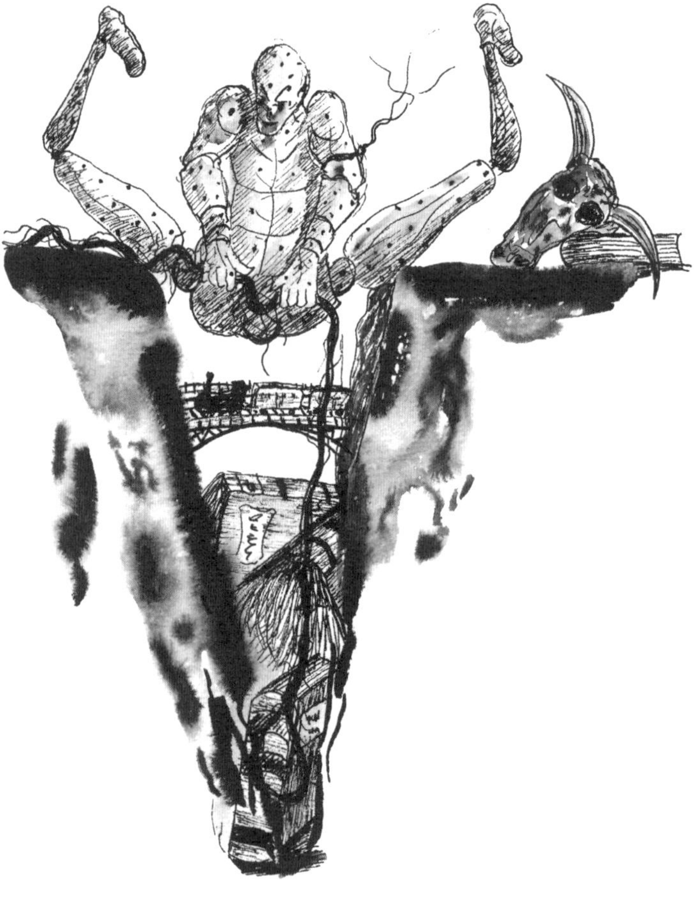

Ferme de Marquis – schließt den Adel weg, schießt ihn ab, stand auf der Karte. *Freiheit für den Adler der Lüfte* und: *für Abels Wiederauferstehung – zur seligen Eintracht von Hirten und Bauern. – Ferme: Gehöft, landwirtschaftliches Anwesen* – Pet'o hatte im Schulwörterbuch nachgeschlagen (abgehalftert, grobgeleimt), doch nach zwanzig Jahren noch einmal gedient. „Diener", hätte Jakub ausgespuckt, fette Post, „wer wem?" Wann sie den letzten Marquis unter die Erde gebracht hatten, hatte Pet'o nicht gefragt – er hatte weitergeblättert, sich ins Fäustchen gelacht, das er suchenderweise kaute – *fermer: schließen, zusperren, ausknipsen / la ferme: Halt die Klappe!* – und wenn noch Gräber dagewesen wären, hätten sie es den Schafen überlassen, an deren Tränenwassern oder auf solch seligen Gefilden zu weiden oder ihre Notdurft darauf zu verrichten, je nach Laune, Druck im Gedärm oder Gelegenheit. Oder sie hätten den Pflug drüber wegscharren lassen, ein Haufen links, ein Haufen rechts, das stampfende Ross vornedran, dampfende Äpfelchen Garnitur. *Die Äpfelchen dampfen, / die Scharen scharrn hungrig / und stampfen, / wolln …* – Jakub hätte seine Freude dran gehabt und die Worthaufen noch einmal umgebrochen, als würd' er sie zusammen mit dem Erdreich, das Pet'o sich frisch aufgeschnitten und schwer im Saft vorstellte (Jakubs Flug- und Spukpost ins Bodenständig-Schwell'nde gewendet), speckig die feiste Krume, … mampfen. Auf der Vorderseite der Karte – Pet'o drehte sie *nicht* um, in kein aus keinem Winkel günstig oder weniger günstig draufscheinendes Licht (oder Ableger davon: topf's ein!), denn er hatte (ja doch!) mit eigenen Augen: gesehen, gelauscht, geschmeckt – hatte er; alle Aromen, die durch seine sämtlichen vervielfachten (höhere Potenzen davon) Sinne hereingeströmt waren, welche Wind, Sehstrahl oder die sich von ihren Trägern lösenden, hurtig Haut, Nase, Lippen, Zunge, Pupillen, Ohrmuschel und Flimmerhärchen entgegeneilenden Atome – welcher der alten Schulen der Welterklärung man immer anhängen mochte – ihm zugetragen hatten; – gehechelt, geleckt, gejapst, heimlich gefleht und gewimmert hatte er danach – und hätt's doch nicht, nicht gebraucht hätt' er's, weil Arom und Atom sowieso, immer schon – Ferme de Marquis' Muttersaft, Schollenglück sei es gedankt –

selbsterregt-bewegt unterwegs — er drehte die Karte *nicht* um, auf deren Vorderseite also: selbige Ferme de Marquis: was Zwerge sich Schlösser baun, ab in den Pferch!; als hätten die Hütten Steine gefressen, von den Mauern zum Dach, schwer in ihrm Element: zu schützen vor Regen und Glut, und das ganze Gerutsch, Geduck und Geschieb von der Abendsonne beinah verschluckt, dass Pet'o im Rotstich (vom Gegenlicht her angestiftet) der Kümmerling an den Hollerbusch angelehnt fast entgeht, sein Schopf wie aus dem Märchen vom Bison mit dem goldenen Vlies: wo es grast, wächst kein Haar mehr; nimmt alles auf die eigene Kappe – Hut ab! (Jakub lacht drüber, und unterm Lachen wippt das Ziegenfell von seinem Wams mit dem Schulterspiel auf und ab, als würd's leben wie der Kerl drunter, worauf der wiedrum lacht, nur ein Stück noch mehr und unbändiger). Pet'o schiebt die Karte in den Hosenbund. Pet'o kippt die Tasse und schluckt – wie Helden schlucken (immer aufs Ganze) – den bösen Rest vom Kaffee. Pet'o schnippt den Zigarettenbalg von der Balkonbrüstung ins Nirwana der Lüfte. Kein Adler auf dem Flug. Ein Glühwurm, der – wem? – heimleuchtet. Sich oder ihm? Den dahinfetzenden Steinatomen, so dass's von Haus zu Haus miteinander redet? Stadtluft macht Geschrei. Pet'o kloppt dem Würmchen eins hinterher: „Frei!" Noch *ein* Stockwerk geht das Leuchten, und Pet'o weiß nicht, ob das Sternchen, von dem's herstammt, schon erloschen ist und er nur eine Ahnung von etwas, was mal war, abbekommt. Jetzt, wo die Sterne so schön fallen, sagt Pet'o das Wort, das Jakub unter den Schmäh vom Adel und das Willkommensgekräh von Adler und Abel gesetzt hat und das er schon einmal auf einer andren Karte in der gleichen Klaue gehabt hat: „KOMM." Wieviel Sterne hat die Nacht?, denkt er sich. Wünsch ihnen was.

Der Auftrag war klar – was die Sache vom Grundsatz her angeht (und dann: gute Geister!) und das Geld, das Pet'o bekommen sollte und das er nötig hatte wie andre, engverwandte Bitterstoffe. Zigaretten. Kaffee. Schwarz. *Noch* eine Kippe. *Noch* kein Entzug. Gib dem Gedichtband von *Scherdichwas! Kenntdichwer? Reimdichkrank!* ein Gesicht. „Enkidus Clan". *Sumerischwörterbuch Band 0.*

Geschichte der Völker und Wege. Das Zweistromland von Anbeginn zu Grabmichaus. Solche Bücher bräuchte er jetzt. Hatte er nicht. *En*kidu, *En*kidu! – Er pflanzte den Akzent vornedrauf, wie es sich für einen Germanen gehörte. Immer auf den Kopf klöppeln und dann sehn wir schon, ob's hinten noch lebt. Und dann den Kadaver in die Wälder gezerrt und den Kidu, der noch heil und unversehrt, auf den Spieß gesteckt und vom Feuer weg schön rösch vernascht. Das vom Knüppel zartgeklopfte En-Stück braten wir uns morgen fein in der Pfanne raus. Gibt nen Festschmaus für die ganze Rotte. Und wenn's hinlangt und was über bleibt, verbuddeln wir den Rest unter der Stammeseiche, nen ganzen Meter tief, dass der Fuchs nicht rankommt – und zum Julfest räumen wir n wieder aus, den Bunker, und zwicken uns das schwarz abgemagerte Dörrfleisch mit Geknurr und Spitzgefeilte-Reißzähne-Blecken, dass ja keiner sich ranwagt, kein'n Zentimeter nicht, von den mürbgewordnen Knochen. Erde? – schlucken wir mit. Macht den Germanen stark. Und was ihn nicht stark macht, kübelt er wieder raus. Wir denken im Kreislauf. Und am Ende fressen uns die Wälder.
Pet'o dachte. Enkidu: Gefährte Gilgameschs. Aus der Steppe in die Stadt der Städte gelockt, Uruk in Chaldäa. Von den Zehen bis zum Scheitel von Haar umsprosst, dass keines Flecks Haut mehr die Sonne ansichtig wird. Den Gazellen Hüter und gleichauf ihnen an Geschmeidigkeit und Schnelle. Wie diese den Atem der Wasserstellen in den Nüstern und dem trockenen Odem der Berge den Rücken gekehrt. Den wilden Beeren ein eifriger Zupfer. Enkidu, der Mensch aus Lehm, ungetrennt noch vom Stoff, aus dem er gemacht. Noch kein Auge in den Sternen. Noch kein Glied im Schoß einer Frau. Enkidu, der von Aruru, der Morgengöttin der Erde, Geliebte. Vermählt mit Tier, Buschwerk und Steppengras. Brich das Brot über ihm, er versteht's nicht. Das Bier schüttet er achtlos aus. – Fang mich, dachte Pet'o. Wer bekommt dich vor die Linse? Wo streifen deine Nachfahren umher? Welches Flaumkleid verbirgt sich unter Kapuzenpulli und Kaschmir? Weis mir den Weg. Er knipste sich, im Spiegel. Bart, zehn Tage alt. Über der Oberlippe: dicht Seebär (zum Heulen). Die Ohren aufwärts rasiert und von Nacken zu Stirn hin ein Trommelfeuer aus schwarzer Wolle. Ein Anfang,

kein schlechter, sondern einer ohne Aussicht auf Hoffnung. – Reiß dich hoch, Affe! Frag deine Gefährten! Sieh dich um! Bequatsch die Stadt. Children of Evolution; welche Quelle lockt heute die mit den niederen Trieben? Begrabsch die Jungs in den Hinterhöfen mit deiner kaum zärtlich zu nennenden Pranke. Ob zwischen Steißbein und Halswirbel noch etwas wächst vom Begehrten, vom Fell, wenn auch spärlich und spröde. Bring der Madonna Aruru ein Maiopfer, weiße Lilien und in ehrfurchtsblassem Lila getöntes Schaumkraut, dass sie dich zu ihren rargewordnen Verehrern und der Handvoll wirklicher Eiferer führt. – Pet'o schnappte sich eine Flasche Bier aus dem Abverkauf von der Supermarktrampe ohne Groschen und brachte sie Toxo. Toxo trank mit schaumiger Miene zwischen Gänseblümchen und Vogelmiere, und Pet'o boxte eine Serie *Punk auf dem Rückzug ins Paradies* in den Kasten. Toxo hatte eine Menge Ringe in den Ohren, wie Enkidu sie in keiner Schatulle von keinem fahrenden Händler in Uruk je erblickt hatte, aber *seine* Wolle reichte, immerhin, von der (sanft- und sonstmütigen) Stirn bis unter den Kragen vom grobgewaschenen T-Shirt, und unter den Achseln ringelten sich die Löckchen ins Licht, Schweiß als Dünger, Salz und Mineralisches, und Pet'o fragte sich, *wie* wenig einer sich *noch* waschen musste, um ein paar Haare mehr vielleicht anzulocken und sich *nicht* in die Verbannung der glöckchenklingelnden Aussätzigen, der Lumpenbrüder und Tippelgesellen zu schicken. Er leckte Toxo den falschen Tau aus der Halsgrube, den das Räkeln auf dem Paradiesesteppich (von Jungfrau zu Jungfrau, bleibt man unter sich keusch) mit sich gebracht hatte. Er dachte an die Mormonenstadt am Salzsee, County Wüste *Dollarcandance PraisetheLord*, aus deren babylonischen Tempeln die Staubsauger- und Bohnerwachsvertreter Gottes, die Saubermänner in Anzug und Krawatte, vom Marmorglanz des Tabernakels bis ins letzte Seeleneck beflissen und bis in die Ritze zwischen den beiden Sitzhökern blankgewichst, unter den Himmel der Heiligen aller Tage traten. Gott kann tanzen. Pet'o legte noch eine Runde mit Toxo hin. Der Steppe und Enkidu zuliebe, denen er's nicht geschworen hatte. Back-dir-ein'n. Gott-ist-groß, Lass-ihn-los. Tanz dir einen.
Nach drei Wochen und ein paar Gotteserfahrungen mehr –

schwarzen wie weißen, lässigen wie verstockten, geduldigen wie verstörten – hatte Pet'o die Serie *Punks, Söhne der Morgengöttin, begrüßen das Paradies – wahlweise: begrünen (die Jungspunds, noch froschfarben und mit Zahnlücke hinter den Ohren), begrübeln (die Altstunks mit Augenringen und Stirnfalten) oder vermöbeln (die mit Gänseblümchen in der geballten Faust)* durch Entwicklungsbad und Vergrößerer gejagt, Farben und Kontraste justiert und das Haarwerk der von Zeit und Raum gerupften Indianer poliert; auf den Wäscheleinen des Balkons zwitscherten die Abzüge; die Kojoten spreizten sich vor dem Kadaver der Welt (alter Schlachthof, auf dass den Ruinen nie mehr die Metzger entsteigen), die Rotschöpfe warn auf Kriegspfad aus im ewigen Sonnenuntergang (fuck the system) und die Irokesen trieben den Stachel sowieso in alles, was ihnen dornig kam. Pet'o wälzte die Abzüge. Pet'o sortierte sie neu. Pet'o gab mit Aquarellkasten und Tuschstift Wolle und Schweif, Widerborsten und Stachelkamm verstärktes Licht, vertiefte Couleur und Koloratur und verschärfte die Konturen. Pet'o sah keine Aussicht auf Hoffnung. Er verwünschte den Tuschstift und jagte den Aquarellkasten zum Teufel. Pet'o überließ die Kojoten ihrem Gebell und die Rotschöpfe ihrem Zauber mit dem Kriegsbeil. Die Irokesen sollten stechen, wen sie wollten; einen hatte er versucht und für zu lau befunden. (Tat der Arsch ihm weh!) Er kaufte einen Zehnerblock Eintrittskarten für den Zirkus am Senefelderplatz und schickte Toxo zu Polka und Pogo; die ungeschminkten Bilder, die ihn beim Tanz auf dem Vulkan, im Schulter- und Stiefelkampf mit seinen Artgenossen zeigten, waren die letzten der Serie. Das Paradies baute seine Zelte ab und lud auf. Pet'o zweifelte an Enkidus Clan. Pet'o zweifelte, ob Enkidus Lendenlust etwas entsprungen war, das über die kleinen peitschenden Tierchen hinausging, die sich ihren Weg zu Ei und Mutterkuchen suchten. Er blätterte in der Bibel: *Abraham und seinem Samen ewiglich.* Von Enkidu keine Rede. Delila, die Samson seiner Haar- und Mannespracht beraubt. Davids Leiergesänge Gott zum Gefallen und das Haupthaar brav gescheitelt und mit Öl gesalbt. Hier, spätestens hier endete die Spur, und die Stadt schloss ihre Tore. Die hochgebauten Mauern und die Wolkenkratzer glänzten im eigenen Schmalz, die Müßiggänger, die Wohllebenden und mit Goldstaub Parfümierten oder wechselweise Lackierten verzogen sich in Zwielicht und Dämmersound der Bars und halbseidenen Gehege und selbst das Fußvolk legte man unter die Sonnenbänke, um ihm eine – ins Milde gewendete – Vorfurcht zu geben (eine schwache Rührung vielleicht aus dem kaum begriffenen Inneren eingeschlossen) vor der einstigen (so ihnen erzählten) Trüb- und Mühsal des Wüstenlebens, aus der sie kein Gott, nur die eigene Kraft gerettet. Pet'o spuckte trocken ins Buch der Bücher. Die Schwarte klappte zu. Der Speck sollte sich an sich selbst laben. Friss deine Eingeweide.

Pet'o gab eine Anzeige auf. In einem Aussteigerblatt, das die Grenzen der bewohnten Welt erreichte. *Fotograf sucht Enkidu. Ersatzweise welche aus seinem Clan. Jede Haarfarbe willkommen. Augenfarbe nach Wahl. Zuschriften per Schiff- oder Landpost an: Pet'o, Rue Dimitroff 23, Berlin.* Am Anzeigenschalter schob er einen Berg Groschen durch die Klappe, gegen den er Toxo dem Wanderzirkus als singendes Ungewitter oder nachwuchsfördernden Stier hätte verkaufen können. Die Bärbeißige hinter der Glasscheibe schaute ihn noch verschnappter an, als er ihr von seinem Wechselkurs erzählte, und Pet'o dankte im Stillen dem Erfinder des Sicherheitsglases, als sie sich beim Wort *Stier* oder *Hengst* – er wusste später nicht mehr, als was ihm Toxo lieber doch nicht erschienen wäre – aufrichtete, und schmierte mit angespeicheltem Zeigefinger ein Stoßgebet der Bärbeißigen direkt vor die Fresse. Stampf, Drache! Schall und Rauch! Pet'o schlug vom Stand weg und mit schwingendem Gegenbein einen Bogen. Raus!
Nach einer Nacht aus Absackern und faulen Höhenflügen auf der Prinzeninsel zog er mit spitzen Fingern – Mittagsglocken schon durch und Kaffeesatz mit den müden Äuglein noch nicht mal anlaufsweise gelesen – die Karte aus dem Briefkasten. *Ferme de Marquis.* Quetschte den Blechdeckel zu. Die rollernden Steinbauten, als ging'n Schüttungen hangabwärts, schief, doch kein Wind, sondern bloße Masse, reines Gewicht – und der skulptural-rurale, nackerte Baum im Vordergrund, der die Wintersonne anbetete-bettelte. Auf der Rückseite: Sehr geehrter Herr (Rufzeichen) Pet'o, und dann im

schier ackerwendischen Block: wo die Versammlung der Steine verortet und wie das Ganze zu finden und zuunterst das eine Wort: KOMM. Gegeben, gezeichnet am Tag des besoffenen Herrn, seines Bocks Pan, Beltane zu Ehren, mit (leserlich): Jakub. Pet'os Fingerkuppen kratzten die Atlasseiten. Seine Nägel drückten sich über Flüsse und Schienenwege bis ins Bergland, wo weiland Stevenson seinen Esel traktiert, und der Name schwebt mit dem schlagartig einsetzenden Abenteuerdurst aus Schatzinsel, Dreimastschoner und Dunghaufen (davon der Dunst) von des wiehernden Sturschädels Hinterlassenschaften in Pet'os mit ein'mmal kindlich und sturstracks zitterndes Herz. Pet'o zupft seinen Rucksack. Pet'o fragt: Wollen wir dorthin ziehn? Pet'o vergisst, auf die Regung des Rucksacks zu warten, und stopft ihn mit all seinen guten Sachen. Zwieback, Unterzeug, Stevensons Ratschlagkataster für Reisende in solche Zonen, Samen zum Anfüttern der ländlichen Vogelwelt; Kamera zwischen Polster aus Socken und Schlummertrunk im ländlich wie städtisch gleichermaßen gebräuchlichen Flachmann. Pet'o zurrt an den Gurten, Pet'o schnurrt's seinen (zweifach geschnürten) Stiefeln: Auf. Vom Nordbahnhof mit seinem Klabuster aus stupabesetztem Strebwerk und ineinanderjubelnden Rund(beinah Spitz-)bogen backsteinbewehrter Gotik (Jungdeutschland: Wacht am Rhein) nahm er den Nachtzug dritter Klasse nach Süden. Die Polster legten sich lahm seinem Rücken zurecht, die Sprungfedern halfen nach. Im Halbschlaf zählte er seine Lendenwirbel, verfluchte Hüftknochen und Steißbein. Baden-Baden riss ihn aus dem miesen Traum. Soviel Licht und hinter den Eisenrippen des Dachstuhls überm Plafond die Kurschatten. Pet'o drückt seinen Kopf unter die Armbeugen. Pet'o schwitzt sich in süßere Träume. Pet'o erwacht, als der Zug den Rhein ohne Kanonendonner (Gruß oder siegesfreud'ger Beschuss?) auf einer langgestreckten Stahlbrücke (Fachwerk der Krupphüttenzeit) überquert. Die Wacht am Schicksalsstrom pennt. Sie lassen ihn raus. Er träumt, wie er seinen Pass mit Stempeln vom Puppenpostamt malträtiert, Beamter und Antragsteller zugleich, und den solchermaßen verhunzten Pass von seinem inneren Beamtenschwein als ungültig einziehen lässt. Pet'o schmeißt das Zeugs vom Puppenpostamt hin. Pet'o flennt. Er wollte noch einen Brief aufgeben, in seiner schönsten Krakelhandschrift verfasst seinem Freund Jakub. Jakub wohnt in einem Haus, das Riesen in grauer Vorzeit aus ebenfalls grauen Flusskieseln errichtet haben. Jeder Flusskiesel groß wie ein Kinderbauch. Pet'o träumt vom Tollen am Fluss, er und Jakub. Die Steckenbeine in den Brackwassern. Jakub treibt einen Laufgeier vor sich her; ein Kind auf den Schultern des andren reicht nicht hin an den Rücken des Tiers. Der Laufgeier hat Beine dünner als Stecken, Pet'o denkt, sie müssen jeden Moment brechen. *Ein* falscher Schritt. Jakub winkt, Arme im Paddelschwung, holt immer neu aus und ruft: Komm! Pet'o streckt einen Ast hoch und ruft: Wir braten uns Seeigel. Schick den Geier zum Aas! Der Geier strauchelt, stürzt. Die Seeigel schmecken köstlich. Die Nacht ist schwarz wie ein Ofenrohr ohne Ausgang, das Lagerfeuer auf den Kiesbänken lässt die Sterne schwach werden. Jakub verwandelt sich in einen Wolf, einen Büffel, ein Wisent, er streunt über die Steppe und reißt Schafe und Ziegen mit einem Nackenbiss. Jakub heult zum Mond und galoppiert zum Ruhm der Erde. Mit seinen Hufschlägen weckt er das Magma. Mit seinem Balzgesang stimmt er den Mond gnädig und ruft die Flut zurück. Noah schneidet seinen Rauschbart auf manierlich und verfeuert die kleingehackte Arche mit ihnen zusammen am Fluss, altbewährte Stelle, der Steinkreis liegt noch, sie kruppen in der Holzkohle, sie riecht nach Regen und freigelassenem Rauch. Sie trinken auf Stevenson und die hiesigen Berge, deren Namen sie vergessen haben. Sie schmeißen die Gläser hinter sich, dass es kracht. Ararat, sagt Noah, doch Jakub sagt nur: Du hast dich verfahrn. Hier sind die … – und er macht eine ausholende, leiernde Geste, die den Namen wachrufen soll, doch er leiert lieber weiter, damit Noah sich ans Leiern gewöhnt und glaubt, das Leiern sei schon die ganze Wahrheit, und drüber vergisst, dass Jakub überhaupt was gesagt hat, und auch von hinten her nicht mehr merkt, dass Jakub selbst keinen Schimmer, nicht blass und nicht mal vom Blassen nen Schimmer, wo sie gestrandet sind.

Auf Jakubs Hof gab es mehr Hühner als Schweine. Fünf Paar schlagende Flügel auf zwei rackernde Wollsäue, die ihrn Himmel von unten lobten. Die Schweine grubbten im halbfeuchten Schlamm unter der Eiche, der unterm Schnauzenkuss aus dem Trocknen nicht mehr herauskam, und die Hühner hockten den Schweinen auf der Pelle und pickten ihnen die Flöhe aus den Borsten. Jakub war, was Pet'o fast einen Knirps genannt hätte (hätt' er den Mumm) – als hätte er mit vierzehn trotzig, und dann wurd's wahr, beschlossen, nicht mehr weiter zu wachsen. Was er an Höhe abgekürzt hatte, hatte ihm Zuwachs von innen heraus gebracht, und das Stämmige, beinah Rollig-Stampfige, das die Welt mit Liebe und Anschmiegung bügeln wollte, lauerte in den Augen („spring", sagte Pet'o und Jakub nahm ihn im Ruck der Gedanken im Stroh und pries die Göttin für die gesundgeborenen Kinder). Er trug das Fell seiner Lieblingsziegen auf dem Leib, nachdem diese ihm ihren Segen gegeben hatten. Aus zwei Mädchen mach eine Weste, spar dir die Ärmel, Haare hast du dort, da gerbt sich später einer leichthin ein Paar Stulpen für fickrige Winter. Pet'o konnte suchen, was er wollte, der Pelz auf Jakubs Kopf wuchs so dicht, dass keine Kopfhaut zu finden war, es sei denn, man legte das Rasiermesser an – und dann kam's larvenweiß. Jakub sagte, von Enkidu mehr als vierzig Prozent, zweimal KU, und buchstabierte Ja-KU-b – En-KidUs Stromer. In dem KU stecke auch die kuhäugige Göttin noch drin, der Enkidu sich zum Schutz anbefohlen, und auf den Einwand von Pet'o, das sei Hathor, die Altägyptische, Göttin, die gibt und nimmt, drehte er nur die Hand: was die Zeitläufte so an Verwirrung stiften. Pet'o nahm sich den Vierzigprozentigen vor die Linse, am Steilhang, wie er und Tomáš Heu auf einer Fünfmeterplane zu Tal schleiften, zwei Mann immer zwei Zipfel übergeschlagen, trittsicher im geduckten Gang, das Zikadengeschrill mähte über die Stoppeln, noch einmal, nur tiefer: zweite Rasur. Pet'o raubte ihm Bilder, wie er den Schweinen entgegengrunzte, die Ziegen abpfiff oder die Steine nach Abtrünnigen klackern ließ, aus der Wurfhand zwei Fuß vor den Huf, dass die Verdutzten, ohne ein rechtes Ende zu finden, als hätt' die Mechanik nen Schaden, blökten. Pet'o passte ihn am Brunnentrog ab, in den er sich mitsamt Weste tunkte, und wenn ihn der Trieb überkam, tauchte er unter, Treibholz mit

Schwermut und offenen Schoten, und soff – da komm einer und red von Enkidus Wasserstelle! Pet'o wollte Jakubs Geschrei beim Walgen unter dem Wasserstrahl und beim Saufen. Pet'o wollte, dass der Film rot wird vom Zikadenlärm. Pet'o wollte die Bienen irr am Ginster überschnappen in die Chemie des Fotopapiers. Wer's vor Augen hatte, sollte brummen. Sollte brennen. Pet'o vergaß die Wacht am Rhein, sobald er mit Jakubs Schopf an der Brust vor dem Kaminfeuer lag. Er erzählte ihm vom goldenen Vlies, auf das Delila es abgesehen habe, er solle sich hüten, und Jakub glaubte ihm das Märchenmus für diesen Moment, zum Schein, und weckte *nicht* den Büffel in ihm, hätte sich's Pet'o auch gewünscht. „Soll dir die Stadt die Hörner wieder wachsen lassen", sagte er, „hat sie dir ja auch plattgemacht." Sid und Tomáš nickten und tranken auf den Fall und die Auferstehung Uruks. „In Chaldäa", sagte Pet'o, „weil's so schön klingt. Darauf." Jakub schüttelte seinen Schopf und gab dem Staub Auftrieb. „So erhebt sich die Stadt übers Land, das sie nährt", sagte er. „Hochmut kommt nach dem Fall. Alles schon mal gehabt. Frag das Ziegenkotorakel. Jeden Tag ein neuer Schiss." Er lachte und kollerte vor dem Kamin, als wär' er ne Kugel mit Schlagseite oder als hätt' ihn was von oben gepackt.
Pet'o reiste mit den letzten heimkehr'nden (von wo man's nimmt) Zugvögeln ab. Im Vorland der Vogesen, nördliche Drift, traute er nicht mehr dem Rot und Gelb auf den Filmen. Als der eiserne Rhein kam, fühlte er einen Durchbruch vom Herz in die Magengrube. Als die preußische Sandbüchse sich öffnete, hatte er keinen Magen zum Durchbrechen mehr. Er schmiss die Filmrollen in die Ecke mit den Wollmäusen und andren Missgeburten der vorstaubsaugenden Welt. Nach einer Woche raffte er sich am ungesäumten Kragen. Die Zikaden schrillten, rot, wie er es gehofft hatte. Die Bienen gaben sich ein Stelldichein, nur das Summen stellte sich ein wenig quer. Jakub schleifte, soff, johlte, grunzte – nur, was Pet'o sah, waren lachende oder in Gegenrichtung verzogene Münder, schwere oder leichte Gliedmaßen, Morgen- oder Abendaugen – *kein* Prozent Brennen, Stechen, Keuchen, Schrillen, Magengrube zum Hochheben und Herz vor dem Finale. Toxo hörte ihn jammern. Toxo boxte ihm unter die Gürtellinie. Toxo sagte: „Brav

abliefern, die Lieferung. *Kenntdichwer?-Reimdichkrank!* wird dich loben, der Verlag dich drucken und mit Gold überschütten. Jucktdaswen? RülpsmirPunk!" Er stieß die Abzüge kantenscharf aufeinander, packte sie und machte sich auf zu Dichter und Verlag. Pet'o mischte schärfere Chemikalien und zog die provozierendsten Motive durchs Fruchtwasser der Schalen. Malte sie greller aus mit der Palette aus dem verbotenen Abteil des Aquarellkastens. Der Vorhof der Ferme de Marquis wurde wach. Hathor, aus dem Schrein ans Tageslicht geführt, schlug ihr Kugelauge auf. Die riesenhafte Pupille quoll ins Land. Pet'o verdammte die Stadt und stimmte Lobgesänge auf sie an. Pet'o wälzte sich im Bett und stand ungerührt zigaretterauchend auf dem Balkon. Pet'o gab Speiseopfer den Vögeln und aß drei Tage lang nichts. Pet'o ließ Toxo läuten. Vergeblich. (Sollte er! No pasarán!) Pet'o klappte den Briefkastendeckel auf und zu. Pet'o gab dem Deckel noch ein paar Stöße, dass der sich richtig an was erinnern konnte. Pet'o spulte das Märchen vom goldenen Vlies auf Null und erzählte Toxo von den Flusskieseln der Ferme de Marquis, die immer noch rollten. Toxo machte den Mund rund wie die Kiesel. „Komm", sagte er. Rund wie sein Mund. Pet'o zuckte. Es sollte beschwichtigend klingen *und* bestärkend. Griff untern Arm. Der reine Tor. Ha-THOR – wieviel Prozent? Sechzig? Pet'o gab dem Rucksack die Sporen und ließ die Wollmäuse sich paaren. Vier Buchstaben. Das pralle Leben — hundert Prozent.

Transitverkehr

Thors Vater hat sein Auskommen vom Umkommen andrer. Den Dackel der Reifenstuhl hatte er neulich unter der Reiße. Wobei *Reiße* was Wörtliches hat. Das alte Innenleben raus – die Seele sowieso schon flöten, flüchtiges Ding; hätte nichts zum Dran-Weiden gehabt, weil Ausweiden was fürn Schlachtergemüt und zugehörige Metzelfinger – aber *dann*, sobald s Weiden zuend, was für die feinen, Finger und Gemüter, sobald der Balg am Stück gebeizt: das Stopfen und Anfüttern, als zöge mit Werg und Sägespänen eine neue Seele ein, ganz der Alte, grüne Augen hat er gehabt, nun schimmert's aus den Tiefen vom Glasfluss, ungesäumt übern Styx (Umspannwerk Haspe, die Ennepe hatte ihr'n Ölfilm aufgelegt wie ne Dirne Rouge: traf ihn der Schlag) mitten ins dralle Leben gerissen (oder: wie man was Sterblichem anzieht s Gewand der Unsterblichkeit). Tierpräparator also. Thors Großvater mit Hundeöl im Geschäft. Das Feuer unter den Sudkesseln gibt Thors Nächten Glanz. Selbst auf die karmesinrote Glut ist er scharf; wenn Neumond ist oder das Himmelsstück überm Hof nichts als Wolken, kann er sie, das Gesicht ans Barackenfenster gedrückt, ausmachen. Die Stirn schwarz vom Quetschen. Fettige Tatze. *Oleum caninum*, wie ausm Märchen, wo's nur Bösewichte und finstres Gelichter hat, das sich gegenseitig das Fell abzieht und den Teig bis aufs dunkle Herzstück und die blanken Knochen auskocht. Thor wischt sich die Balz mitm Glas von der Stirn – und immer ran mit der Schmierage an die Hose. Geht sowieso nicht mehr ab. Als ob's Hundeöl überall seine Marken setzt. Je fetter der Pudel gewachsen, desto kerniger die Erinnrung an ihn. Kleinstadtapotheker, den Kittelsaum von zweifelhafter Färbung, Siedlungsweiber mitm Ruf irgendwas zwischen Engel der Armen und Kurpfuscherin und Landärzte, denen die Wartezimmer dritter Klasse nicht leer werden von den Kindern, denen die Lunge unter Tage kohlraben- gewachsen ist, solche nehmen dem Großvater seine räudige Medizin ab. Was über bleibt, verschickt er von Haspe weg mit der Bahn blöckeweise an Seifensiedereien im Sauerland.
Als der Großvater stirbt, gehn die Kessel ans Altmetall. Glockeschlagen im Treppenhaus. Die Riefe, wo der eine, der große Kessel den Putz gefräst, heute noch wie für Thors Finger gemacht. Legt er

ein'n rein. Mittelfinger, wie zum Groll ausgestreckt. Denkt an den Schuppen: erst eine Zeitlang leer, (sagen wir:) halbsommerüber, bis dem Hauswart der Winter in'n Sinn kommt, Lager für Kohlen und Kohl, dann nur noch Kartoffeln, dann Schrumpfköpfe von Kartoffeln, reine Schimmelwelt, *ein* Druck drauf und es weckt die Sporen: schnaufst du's ein, bist du tot; dann weg der Bretterverschlag mit der Schwengelpumpe davor, ein Aufwasch, die Straßenbahn zwei Querstraßen weiter glaubt ebenfalls mit an den Fortschritt, Thor hat die Schule grade geschmissen. An der Kreuzung die Gleise *gleich* raus, breitergelegt, drei Spuren Auto-mobil die eine, drei die andere Richtung, der Raum staunt (was die Pläne vom Hochbauamt ihm schon zu ahnen gaben): soviel Licht und Himmel zum Dummwerden, kann man im Leben nicht aus- und zu Ende denken; die Reifenstuhl schleift ihren Hund an der kurzgehaltenen Leine über die kurzgeratene Ampelphase, dass sie wenigstens da mitkommt – aber Thor, Thor! will die Arme nur noch ausgestreckt, quer vom Körper weg, wenn er die Kreuzung mit nem Zug nimmt, dass ihm schwindelt – ne, Schwindel kennt er nicht. Thor! In den Gleisstummeln steht der Regen. Der Rost gedeiht. Auf dass sie die Stadt weiter verderben. Thor träumt nach vorn. *Der Mariannenplatz war blau …* Steine, Pack, Scherben. *Brüder und Schwestern.* Aus dem braungetünchten, wie zusammengeklappt wirkenden Haus von gegenüber kommt ihm einer manchmal auf der Kreuzung entgegen, da hört er Sätze wie *Sage vom Ganzen / den Satz, den Bruch, / das geteilte Geschrei, den / trägen Ton, der Tage / Licht.* Notizzettel im Handteller, der Asphalt leuchtet. S hat *auch* was mit den Brüdern und Schwestern zu tun, das spürt er. Sieht aus, mutet an wie einer von den Handwerkern vom Glasfenster vom Hauptbahnhof, der mit der wilderen Mähne und der Grabgabel in der Hand, auf die er sich halb stützt, halb loslegt mit der. Als gäb's gewaltig was zum Umgraben, hier und sofort. Das Hemd aus der Hose, auch da die Bewegung. Der andre den Kragen überm Jackett, die Krawatte, wenn, dann zu kurz. Die Stirn vor, ins Leben geplatzt, das Kinn zurück, als erschräk's darüber, Angriff und Rückzug zugleich. Der Geist überm Kleingeist. Schwebend. Am End', sagt der Kleingeist, ersaufen eh alle im selben Wasser, was tust du so hochgereckt? So einer bräucht' einen Spaten. Zum Ausmisten. Zum Totewecken. Thor spricht ihn an. Die Fußgängerampel dreht auf Rot. Der Verkehr reißt sich los. Sie auf der Mittelinsel, Gestrandete, zwanglos frei. Die Beine im Schlick, doch Luft zum Atmen genug. „Nussschale", sagt der mit dem Glanz auf der Stirn und deutet auf den weißwarnenden Randstein. Pass auf! ... *so viele Bullen waren da ...* Er sagt: „Ich hab *noch* einen. Einen Chemigrafen. Er hat eine Vision, er hat Bilder gesehen, demonstrierende Arbeiter mit Transparenten. Er schreibt davon und schickt mir das, was er schreibt." Thor zögert. „Hier ist es nicht so", sagt Thor. „Hier?" Der mit der Stirn macht eine Bewegung, die die ganze Kreuzung einschließt. „Das mit den Visionen", sagt Thor. „Nicht hier und nicht da", sagte der andre und winkt hinter sich mit dem Finger. „Tod immer." Thor denkt, er zitiert was, das jemand geschrieben hat. Womöglich er selbst. „Klingt wie'n Spaten", sagt Thor. „Aber keiner, der Gräber aushebt. Einer der nach dem Leben sticht, Blatt um Blatt. Schöne glänzende Schnitte." Der andre nickt, kaum dass Thor s merkt. Die Ampel schaltet zum dritten, zum vierten Mal auf Grün. „Meister", sagt der mit dem Spaten im Kopf, „Ernst Meister" – und weist auf das Haus mit der Tünche, die es versteckt. „Komm rüber –", er wartet – „Thor", sagt Thor, als er spannt, dass da einer die Hand hinhält, ob er sich offenbare – er geht los, hält inne, kippt den Kopf mit dem Wind, sagt dem bereits Gehenden, Meister, in den Rücken: „Ich komm'."

Thor kommt. Erst einmal, später mehrmals die Woche. Er liest Gedichte von Meister. Er liest, was der Chemigraf schreibt, Nicolas. Frischer, gleichwohl stachliger Trieb auf der Schutthalde der auf jung und unschuldig geschminkten Republik: Born. Zum Erquicken. „Ersticken", sagt Nicolas, „sollen sie." Lacht. Thor mit der abgebrochenen Schule. Meister versteht ihn. Er hasst seine Arbeit in der väterlichen Firma – und hat keinen Ausweg. Er sagt nicht: Lern etwas. Hat es *ihm* etwas genützt? Sie sprechen über den Kleinmut der Menschen, die Trostlosigkeit ihrer Verrichtungen, womit sie die Herzen auszehren und träge machen. *Diese Unwirtlichkeit, diese Hitze, die nicht wärmt, in der sich Leute für Geld vernichten*, schreibt Born. Meister sagt, wenn das Leben kein Ende hätte, wenn der Tod nicht wäre, würde der Mensch sich trauen; er würde aus seinen Fehltritten lernen (er sagt solche Wörter, sagt: Grimm, Bitterkeit, Missgunst: Brutstätten und Keime der Abwege, die man dann freilich nicht mehr so nennen könne, – aber nicht streng, unbarmherzig, sondern wie'n lässliches, kaum ernst zu nehmendes Ding sagt er das), seine Verfehlungen stünden ihm nicht wie ein Druck im Rücken, den man nur loswird, indem man sich nicht mehr umdreht und so tut, als wär's nicht geschehn, – sondern (er liest ab, ein hektographierter Zettel) *die unbegrenzte Zeit gäbe einem unbegrenzten Mut* – die Schwächen, die Unzulänglichkeiten, man könnte sich umschaun, sich selbst ins alte, ewig junge Gesicht, und dann wär's soweit für den zweiten, den wievielten Anlauf. Misslingen wäre nur das Tor zu neuem Mut. Thor drückt derweil mit dem groben Pinsel ein schwarzes Rund aufs Papier, nach oben zur Seite hin lässt er es offen, der gut daumenbreite, satte Strich franst an den zueinandergestellten Enden aus. Auf dem Sofa knetet das Mädchen seine Puppe. Seine Haare lassen den Vater ahnen: ungestüm, schwer, seitlich gescheitelt, ein Zug nach unten. Der Bub mit den Malkreiden kennt nur sein Blatt. Der Große erkundet auf einem Bogen, der den Beistelltisch überlappt, Raufaserschnitt, glattgeköpft, eine Welt aus Trichtern und konischen Gebilden, welche Höhlen und Himmel belauschen. Thor denkt an die berittenen Polizisten, denen er – die Schalmeienzüge waren eben durch, die gestärkten Westen, die glänzenden Messingknöpfe, die Gesichter, die vom wiedereingefundenen Sonntagsbraten sich bereits andeutungsweise spannten, manche schon feist – an der Gruga, um eine Straßenbreite getrennt, gegenüberstand, die Grundschule durch, er in der Lederbüchse, die Oberschenkel knapp bedeckt, die Puschen, deren Riemen die Sohle ans nackte Fußgewölbe presste, dass aus Holz und Schweiß sich eine grade so ausgehaltene Nähe ergab, obendrein eine fast wolllüstige Vorform von Schmerz – selbiger von den Berittenen (in den steifen Kleppermänteln wie zur kommenden Liturgie auserkoren) auf die Menge der jungen Leute überging – mittels Holz- und Gummiknüppeln, Thors Augen schnappten und kamen nicht los: eine Haarsträhne, die sich mit Blut auf der Schläfe paarte, frisch wie zum Lecken, ein schwarz aufgerissener Mund mit dem Laut des allgemeinen Gejohls und Geschreis, ein Mund, dem die Heftnadeln in den Lippen zu stecken schienen, Hände, die an einem Kleppermantel reißen, und der Reiter bekommt eine Unwucht, das Tschako segelt plump ins Gewühl, dann eine Welle zurück, als eine ausscherende Staffel die Menge abdrängt, zwei Grünuniformierte treiben's über einem bereits zu Boden Gestreckten mit härteren Bandagen, einen schleifen sie, willfährig seine Glieder, kein Mucks, in den Windschatten ihrer Verrichtungen, – und erst, als die Fronten die Quartiere ihrer verlorenen Unschuld beziehn, dort das verwilderte Pack, da die ordnende Hand, kommt die Staatsmacht wieder ins Nahgebiet ihres Begreifens, einen in der Zäsurhaftigkeit langen Moment hält die Ruhe, von Kehllauten und Pfiffen gesalzt, das Zepter hoch, überblickt das Gewühl, das sich inwendig abmüht, tausendfüßlerhaft, bis – er hört eine Fliegenklatsche sausen – ein Schuss fällt, Thors Herz eine Doppelsystole hinlegt und seine Puschen das Pflaster abklatschen. Das Gekreisch, das ihm im und über dem Nacken hängt, gilt – er wehrt sich gegen das Schrein in seinem Kopf, das ihn drei Häuserblöcke weit, kreuz und quer steinigt, bis er sich hechelnd mit Oberkörpergewicht und immer noch, von dem Muskeldrang her, Schwung holenden Armen gegen die Knie stemmt – nicht ihm. Am nächsten Tag liest er: In Abwehr offener Widersetzlichkeit polizeilich erschossen: Philipp Müller. Aus der Hüfte schiebt Meister den Pinsel, ein Stöckchen in seiner fleischigen Hand, an den blauen und gelben Lineaturen entlang, größtmöglich abständig, die genoppte Strickweste hält seine (mühsam – wohin? und wofür?) aufgesparte Kraft in Zaum. Dann gibt er nach; sitzt, lässig und beinah elegant, im Sessel, der Pinsel Stab eines Dirigenten, der die Musik vom Blatt weg erzwingt. „Folgt etwas daraus?“, fragt ihn Meister. Thor schiebt sich die Finger in die Ohren, um das Geschrei loszuwerden. Er zieht einen weniger harten, weniger deutlichen Strich quer durch und an dem geschlossnen Segment auch ein Stück weit über den Kreis, von links unten in Richtung der rechten oberen Öffnung. Die letzte kurze Strecke wieder mit Nachdruck. „Folgt was?“, wiederholt Thor. „Nichts folgt“, sagt Meister. „Man hält still.“ Er stippt den Finger auf den Boden der Zigarettenschachtel, das Röllchen schlüpft. „Ich möcht' nur den ungeborenen Kindern in die Augen blicken können", sagt er unvermittelt. „Das Leben ist so erbärmlich kurz und finster. Die Welt *muss* eine andere werden!" Er lässt das Feuerzeug schnappen. Thor lässt die Daumenkuppe unter den Versen entlanggleiten: *Und ich wollt doch / das Auge nicht missen / entlang den Geschlechtern nach uns.* „In Klammern gesetzt", sagt Meister ruhig, „weil's sonst zu weh tut." Thor schmeißt seine Zigarette über den Tisch. „Ich will das Leben nicht in Klammern setzen", fährt er auf. Steht plötzlich übergroß im engen Wohnzimmer. Papier, Graphitstifte, die Näpfchen mit Farben, der seiner Näpfchen beraubte Blechkasten, das Wasserglas zwingen den hochgekurbelten Tisch in die Beine – *beinah*, denkt Thor. Noch *ein* Schrei meinerseits oder von Seiten der Welt, und's kracht. Meister schickt die Kinder nach draußen. „Ich auch nicht", sagt er leise und steckt zwei Näpfchen auf ihren Steg im Kastengrund. „Ich will *nichts* verraten", presst er, während er weitere Näpfchen einrasten lässt. Fahr fort, denkt Thor und stößt Meister sacht am Ellenbogen an. Wie einen Pinsel, der sich in Zeichen und Farbe offenbaren soll. „Nicht gewusst …", sagt Meister, und Thor merkt, dass er Anlauf nimmt – „Nicht gewusst", wiederholt Thor wie zum Anschub – „Nicht gewusst …", Meister schöpft Atem, als wär's unmöglich, *nicht* zu ersticken; lässt dem Zigarettenrauch seinen Lauf, eine bläuliche Helix steht in der Luft, „… dass mir Liebe geweissagt war aus der Liebe." Thor steckt ein Näpfchen neben Meisters letzte paar ein, zieht dessen massigen Leib näher, bis sich die beiden in ein paar gemeinsamen Punkten, flachen Stellen, berührn. Brüder und Brüder und Schwestern und Schwestern, denkt Thor. Los.

Thor lernt Schriftsetzer. Thor geht nach Berlin. Meister hat ihm den Schlüssel für seine Hagener Wohnung in die Hand gelegt. Der Grat von den Bartzinken glänzt silbrig scharf. Wenn er wiederkommt, kann er aufsperren, ohne zu läuten. Die Kinder schlafen vielleicht. Die Frau hat mit einer Radierplatte im Ätzbad zu tun. Thor ballt die Faust überm Metall. Thor wohnt möbliert, Dienstbotenkammer mit Badmitbenutzung am Freitag und Klo auf dem Halbstock. Er fertigt Flugblätter für ein Druckereikollektiv. Als die Witwe eines Freitagmorgens, ungebadet, der Boiler kocht gerade hoch, stirbt, schließt er sich Hausbesetzern in der Taborstraße an, ein ausgesacktes Stück Blinddarm Kreuzbergs, das in den Osten schwärt. Die weiten, von halben Baumleichen bestandenen Straßen, die Stämme wie Bleistifte dünn, menschenleer und von einer Düsternis, die jeder neu aufgeständerten Stadtautobahn drüben im Westen, jedem Planierraupenvorschub, jedem Amalgam aus Baustahl und Beton spottet. Nachts geht Thor mit der Taschenlampe aus dem Haus, um den Weg nicht zu verliern, im Winter schon am frühen Nachmittag. Die Trottoirs heißen ihn mit Stolpersteinen willkommen. Sein Eiland trägt ein Gesicht aus Abwehr. Er macht sich's warm. Er verputzt Wände und legt Abwasserrohre. Er heizt den Badeofen mit kleingehacktem Bauholz, den seine Eltern in die Kiesgrube gekippt haben samt Chaiselongue vom Großvater. Er teilt, doch das Wort *Kommunismus* schreibt er mit gemischten Gefühlen (und setzt's in Fraktur). *Heute kein Brot – morgen rot* – wer glaubt das noch? Es gibt Brot *und* Torte. Mit Nicolas fährt er nach Adlershof. Der Kohlerauch auf der andren Spreeseite beizt Zähne und Glasscheiben gelb; der Trambahnwagen, der sie zur Wohnung der Dichterin bringt – ein Rekowagen gelinder Alpträume: als hätt' man ein Armeleut'-Paradies aus umgekommner Hoffnung, Knauser und Notzucht rekonstruiert. Das Laub in verbackenen Fladen und raunzigen Halden, Besen: Saisonartikel für den Sommer, der am Ende der Kohlezeit wiederkehrn mag. Seghers spricht, als lebten Ulbricht und Stalin noch. Der Sombrero auf dem Schreibtisch (Mexiko, sagt sie) so unwirklich, als hätte sie ihn selbst aus dem mit unbedingtem Aufbauwillen gedroschenen Stroh des Arbeiter- und Bauernstaates geflochten. Das Bügeleisen zum Plätten harrt hinter dem Vorhang vom Ausgusstisch. Sie betet die Litaneien sozialistischer Schriftsteller. Die der willigen. Die andere ist Stalins Kirchenreform zum Opfer gefallen: subversive Tätigkeiten, Konspiration mit dem Westen, Landesverrat. Wer bereute, wanderte trotzdem in Zuchthaus und Steinbruch. „Arnold Zweig“, sagt Thor, und sie reagiert nicht. „Erich Arendt“, sagt Nicolas, und sie blickt auf das Aquarell, das den Stierkämpfer zeigt, im Begriff, den Speer dem zum letzten Mal schwer entgegenbockenden Tier in den Nacken zu treiben. Darunter steht: *Augenblick der Wahrheit.* „Hanns

Eisler, Erwin Strittmatter“, sagt Thor und die Dichterin sagt: „Neruda und Laxness waren da.“ „Regler?“ Sie schweigt. „Es gibt ein mexikanisches Bohnengericht“, sagt sie nach einer Weile. „Das hat er damals gerngehabt in den Rot-Front-Tagen.“ Deine verfluchte internationale Solidarität, denkt Thor. Niemals genug davon! Sein Seelenpinscher schnappt. Die Seghers dreht ein Hufeisen in den Händen, legt es neben der hochbrüstigen Schreibmaschine ab. Brechts Arbeitsjournale von einer schwarzen Madonna erdrückt. „Beschützerin der Seeleute“, sagt sie, und Thor tritt auf den Kastenbalkon, nippt vom schwefligen Dunst und fragt, von innen geduckt: „Welches Meer? Wollte Brecht nicht, dass die Regierung sich ein neues Volk wählt? Über welchen Ozean will man das herschippern?“ Die Seghers bittet ihn auf das braune Velours des Sofas zum Kaffee. Nicolas krampft dort schon. Thor muss sich bücken, so tief ist der Tisch. Das Steinzeug schabt. Thor hört’s scharren. Mit welchen Hufen? *So* geht das also, denkt er sich. Dein Ozean heißt *Treue*. Deine Zuversicht wiegt so schwer wie das Hufeisen. Sag schon: jenseits der stapelgehefteten Mustererzählungen, die’s den Recht- und Linksgläubigen predigen und den Bigotten noch einmal von vorn, von der Genesis her buchstabieren, gibt’s da Sprache? Oder nur offene Münder und nichts als Seufzer der Anbetung? Zungenloser Lobpreis? Solcher Lall. Wer braucht Schulmeister? Woher die Gewissheit, wer Freund und wer Feind ist? Der Kachelofen glüht zum Kakteenköpfen. Von der Kehrseite her mit Schweigen beschlagen, denkt Thor. Die Seghers rückt den Flechtschuh am Überseezwirn daran zurecht. Glüh uns was vor von Mexikos Hitze!, denkt er sich. Dein lauer Kaffee als Übungsweg. Dauerausnahmezustand des Mittelmaßes. Überall alarmiert. *Diese Unwirtlichkeit, diese Hitze, die nicht wärmt.* Wieviel Betörtheit, wieviel Verrat an sich selbst braucht es, um soviel Hitze auszuhalten? Wieviel Ergebenheitsadressen, wieviel Bleiwesten in ihrem kalten Glanz, die Organe der Empfindsamkeit zu schützen? Zum Abschied zieht die Seghers einen Sonderdruck ihrer frühen Erzählungen aus dem Flurregal. Das Tapirfigürchen davor rückt sie behutsam zur Seite und schiebt es dann wieder zurück. Nicolas nimmt eine Giraffe mit halbgestutztem Bein vom Brett. Bringt ein Fabelwesen, irgendwas zwischen Hirsch und Elch (keins von beidem, sagt die Seghers), aus dem Geviert seiner staubfreien Schonung. Die Seghers setzt beide zurück. „Die mögen's gern ungestört", sagt sie. Thor denkt nur: Finger weg von den Büchern! Haltet still! Zuchthaus für *Wasser, Brot und blaue Bohnen*. Lebenslang lebensbang! Er zählt: einen lapislazuliblau glasierten Frosch, einen grün patinierten Gusseisenfrosch, einen aus Messing. Macht drei. Die Seghers hat ihnen (und den Fröschen schon lange nicht mehr) kein Wasser angeboten. Zuletzt zeigt Thor noch auf eine Pappscheibe voller Zahlenkolonnen, in Jahresringen von innen nach außen gedruckt, ein Zeiger, mit einer Drahtklammer im Mittelloch angeheftet, lässt sich verstellen. „Meine Kalorientabelle", sagt die Seghers. Kann man Angst messen?, denkt Thor. Als die Seghers die Tabelle an den Nagel zurückhängt, greift Thors linke Hand nach dem Wohnungsschlüssel für ungebetene Gäste. Die Seghers stellt den Zeiger auf *Brot*. Thors Hand schiebt sich locker in den Hosensack. Die rechte sagt der Dichterin tonlos Worte des Abschieds, der Mund redet zahm. Ich komme wieder, denkt Thor. Deine Kalorientabelle fetz' ich auf *Durchmarsch*.

Wann ist es soweit, zu schrein? Das Land richtet sich ein. Nicolas zieht ins Wendland. Beruf: Dichter der erdabgewandten Seite, dem Menschen allein zugewandt. Der Atommüll bekommt seine eigene Grabstelle, eine Familiengruft, offen für Zuwachs. *Gorleben* soll auf dem salzigen Stein stehn. Auf dass Generationen von Schafen sich die Zungen wund lecken daran und das Blut arm und weiß wird davon. Welche Proteste pissen dem Bürger ans Bein? Wieviele Knüppel helfen dem Aufschwung? Welche Randalierer ritzen das wohlanständige Tuch? Für alle wird's reichen. Noch zwei, drei Jahrzehnte buckeln, aber dann! Das Leben nimmt Fahrt auf, Beschleunigungsstreifen linker- und rechterhand, doppelt gespurt. Morgen ist Zukunft. Die Geschichte kommt an ihr Ende. Standstreifen, Parkbucht, Tief- und Hochgaragen, Aufzüge automatisch. Für jeden ein Plätzchen. Noch sind die Bruchstellen zu sehn: *Am genauesten sieht man sie wenn der Zug / langsam entlangfährt an den Rückseiten der Städte / Lagerhallen Höfe, die Kehrseite der*

Wäsche / und der Blumenfenster – schreibt der Dichter der erdabgewandten Seite der Geschichte. Am 15. Juni 1979 stirbt Meister, am 7. Dezember Nicolas. Vier Jahre später, im Juni, wie Meister, doch zwei Wochen früher, die Seghers. Thor ist noch keine vierzig Jahre alt, als er das letzte Mal den Schlüssel ins Schloss der Hagener Wohnungstür steckt. Meisters Kinder sind groß geworden, ob aufgewacht, weiß Thor nicht, doch er tut gut daran, es zu vermuten. *Er* braucht sie nicht zu wecken. Der Vater hat mit ihnen Verse und das Brot der geheimen Zeichen geteilt, sie können lesen. Die beiden ältesten sind in Nicolas' Alter, als dieser den letzten Hopser in Richtung Staub tut. Thor übernimmt einen Teil seines Hofs. Thor pflanzt Bäume und wässert Gemüse. Er stopft seins und andere hungrige Mäuler. Er druckt die Gedichte seiner Freunde. Er schreibt von der menschenzugewandten Seite des Menschen und druckt auch das. Er leckt sich die Zunge blutig daran. Thors Großvater hat Hundeöl gekocht, sein Vater Kadavern den Anschein des Lebens verliehen: *wie echt*. Thor will es roh und wund.
An Nicolas' Todestag, die Seghers ist kein halbes Jahr unter der Erde, fährt er nach Ostberlin. Die unter der Moos- und Algendecke süßlich verrottende Halbtonne des Bahnhofs Friedrichstraße passiert er im Dämmer. Bekannte bürgen für ihn. Zweitagesvisum. Die S-Bahn nach Schönefeld nimmt das Ostkreuz im tiefergelegten Gleisbogen, er könnte dahertrotten neben dem Schreihals; Kreischen ins Knochenmark. Die Pneumatik der Türen ruft kein *pneuma*, keinen Heiligen Geist wach. Die Zangengriffe knallen aufs Holz zurück. Der Gummiduft wärmt, ein Kumpel aus Kinderzeit. Er passt eine ältere Frau ab, die ihr Taschengespann vor dem Eingang der Hausnummer 81 abstellt und erst Kellertür, dann Kellerverschlag aufklinkt. Der Schlüssel gleitet ins Schloss. Rechts die Bücherregale, Papier, das die Säure mürb frisst. Ein Angruß künstlicher Vanille. Thor zieht das Türblatt an den Rahmen, es tut einen Ruck und Riegel und Kasten sind satt. Der Drehknopf vom Licht schmatzt, zweimal, ein jähes Aufreißen des Tempelvorhangs, dann nur noch ein Knistern von den Flammen des Heiligtums und kurz mit Blindheit geschlagen. Sonst schmerzt nichts. Thor hangelt sich an den Regalen entlang. Er hört eine aus einer Schul-

klasse nach der Kalorientabelle fragen. Die Leiterin der Gedenkstätte gibt beflissen Auskunft: Die Seghers und ihr Gewicht! Der Zeiger steht jetzt auf *Eier*. Brot mit Ei, Vorbote der himmlischen Speisen, Seghers' letzte Mahlzeit. Thor lässt sich ins schmiegsame Velours des Sofas fallen. Feine Cordrippen sind dabei, seine Finger fahren darüber. Cordvelours. Gibt es das? Nach einer Weile, das orangefarbene Peitschenlicht wirft es durchs Ast- und Zweigwerk in den Raum, als käme kein *morgen*, knipst Thor das Kastenradio an. Der Drucktaster rastet ein. Das arktische Hintergrundleuchten der Skala erwacht. Ein Gardeltango kommt hoch. Thor regelt die Lautstärke ab. Gerade so, dass er den Sänger des hochgepuschten Schmerzes hört, wenn er sich nicht regt. Als Seghers' Verleger Walter Janka 1957 der Schauprozess gemacht wird: Konspiration, Landesverrat – die böse verstimmte Leier, Beweise zurückgehalten oder gefälscht, sitzt die Dichterin auf den Zuschauerplätzen und kneift hart den Mund zu. Welches Totemtierchen steht davor Wache? Welcher Frosch trocknet aus? Fünf Jahre später, Janka kommt frei, auf den Beinen zwar, innerlich indes von anderer Welt: bodenlos gestürzt oder niedergerungen, sie kann ihren Mund nicht halten (ist es Notwehr, ist es Zynismus angesichts des Flickwerks und Abgrunds ihrer unwahr gewordenen Jugendträume – knapp vorm Eingeständnis, ist es ein Biss, der ihr selber gilt?): *Ich bin der Meinung, dass du jetzt eine Ausbildung an der Parteihochschule absolvieren solltest!* Janka schreibt das Drehbuch zu Seghers' Roman *Die Toten bleiben jung* – hat er sich so sehr im Tollhaus gefühlt? Jung – und doch tot? Thor ruckt hoch, Gardels Stimme schmilzt in den Äther. Warum bringt das Radio nicht stündlich Nachrichten aus der Welt der schönen, guten und wahren Künste? Lässt die Lügner vor den abgeschalteten Mikrofonen reden, bis sie heiser sind? Erzählt den Ringen des Saturn von euren Atombunkern und Wasserstoffbomben! Von den Startcodes für eure Raketen! Von euren Glücksmomenten im Bleiglanz der Druckbehälter! *Zimmermanns neue Oper geborn. Dichter reimen für den Weltfrieden. Teach-in der Versschmiede. Liveschaltung zum Woodstock der Einfältigen und Arglosen.* Thor wischt sich den Tapir in die hohle, aufgehaltene Hand. Kassiert den ersten Frosch. Lässt die Schneckengehäuse aus Mexiko in der Hosentasche gegeneinanderklirren, eins prächtiger und vielfarbiger geädert als das andere. Der Hirsch und der Elch, die Porzellanpilze und rohen Tonfläschchen, das Nilpferd im Niedrigbrand sacken in den Beutel. Er greift sich die Bleistiftstummel, die auf dem Schreibtisch bereit liegen wie die Abgeordneten des Schriftstellerverbandes der gesamtsozialistischen Republiken, Reih und Glied, dicht geschlossen. Er horcht, ob die Bücher ihrer Befreiung bereits gewahr werden. Dort raschelt es, da klaffen zwei Buchdeckel auf, zeigt sich ein Spaltbreit Luft zwischen den Seiten. Der Schund schweigt, er hat schon lange nichts mehr zu sagen. Andere werden lauter. Brecht macht Vorschläge; passt auf! Nehmt sie nicht vorschnell an. Das Wirrwarr höhnt. Thor setzt sich an den niederen Beitisch, horcht nur noch halb, dann viertel hin, nimmt die Haube von der Schreibmaschine, zieht die oberste Schublade auf, fasriges Normpapier, er spannt einen Bogen ein, dreht in die Mitte, das Farbband schlägt an: *Hier, / gekrümmt / zwischen zwei Nichtsen, / …* – eine dritte Stimme legt sich über Gardels Jammer- und Lobgesang und Meisters Stimme, Nicolas seine: *Libuda* (Thor, denkt Thor) *erreicht das offene Land. Libuda* (Thor, denkt er wieder) *hat, wie eine Kinderkrankheit, die Stadt hinter sich. Er wird antworten: Ich bin nur durchgefahren.* – Er tippt die letzten drei Worte. Morgen wird jemand sie lesen. Die Tür schnappt ins Schloss. Die Kreuzungen sind gefegt. Niemand kommt ihm entgegen. Er blickt sich um. Die Fenster von Seghers' Wohnung stehn offen. Die schwarze Madonna sitzt auf dem Klodeckel, *ihr* Zugang zum Meer. Auf Durchreise auch sie. Von der S-Bahn der Sington der Drehstrommotoren. Transitverkehr. *Hier, / gekrümmt / zwischen zwei Nichtsen, / sage ich Liebe.*

Blaugluth

„Das geht doch nicht, dass Leben so …“, Paul glotzte an sich herab (was er davon sehen konnte), „so weh tut – und d a s h i e r“ – er klatschte auf seinen Oberarm – „… nicht!“
„Engelchen … – Flugangst?“
„Ich s a g schon Lebewohl –“
Pauls Abschiedstattoo. Die H e r r i n d e s T a g s ü b e r d i e M i t t e z w i s c h e n S c h ü t z e n u n d B o c k. Er drückte Linus den zerlesenen Brüller unter die Nase, aus dem er sich sein Himmelreich zusammengeklaut hatte, als gäbe es keinen Giftschrank der Jahrhunderte. „Sonne, klar doch“, brummte Linus und bohrte ihm seinen Finger in die Stirn, zum Zeichen, dass es da drin schräg genug tickte.
„Zum letzten Mal also …“
„Blaugluth.“ Das „h“ fetzte.
„Knallkopf.“
Paul spuckte. Er hatte gleich gewusst, dass sie sich so anfühlen würde: hart, einsam, seins. Mit jeder Bewegung der Schulterblätter würde die Sonne der Welt den Aufgangsstich versetzen, auch wenn alle mit Blindheit geschlagen wären.
An einem grellen Sonnentag war Micha in seine Klasse gekommen. Der Hochgeschossene, der den Anweisungen des Lehrers lächelnd folgte und sich in den Stuhl fläzte, einer von den Freien; sein blondes Haar wie eine Trophäe, grob abrasiert an den Seiten, mit einer Gewalt, die Paul in den Magen boxte, dass er dachte, sie würde ihm im Gesicht brennen und jeder, der wollte, würde es dort lesen können. Micha rauchte, abseits. Micha erwiderte Pauls verstohlenen Blick nicht. Micha hockte auf dem Boden, Schneidersitz, schlackernde Arme, und steckte sich die Stöpsel seines Walkmans ins Ohr. Weg und in seinem Reich. Der Rest ein Dreck, um den man sich nicht schert. Paul begriff nicht, was ihn zu Micha trieb. Paul begriff die Verse nicht, die er auf der Toilette schrieb, auf Zettel, die er zurechtschnitt aus abgelegten Kalendern, und die von einem namenlosen Gefährten sprachen, der ihn verstand, ein für allemal – doch der Druck unter seiner Brust blieb. Später wusste er: Er hätte schreien müssen. Nicht den Kinderschrei, wenn das Knie über den Teer schrubbt und Splitt frisst (fränkisches Städtchen mit

drei Buchstaben; wenn man den letzten weglässt, tut's schon weh – später würde er den verhunzten Namen mit den Sonnenblumenkernen ausspucken ins Grollen der großen Stadt – und längst kein Nachhauseweg in Sicht dabei). Nein, das Brüllen ohne Gnade, ohne Anfang und ohne Ende. Das einen erschöpft und leer umhaut, und danach ist man auf eine befremdliche Weise erlöst von etwas. Er hatte nicht gebrüllt. Er hatte das Abitur gemacht, knapp *nicht* Klassenbester in Deutsch, der Moment, in dem ihn einer gesehen hätte, für die zehn Minuten einer nicht gehaltenen Rede. Niemand hatte ihn gesehen. Er hatte studiert, in der Kleinstadt eine Zugstunde entfernt, die keiner aus seiner Verwandtschaft je zu Gesicht bekommen hatte. Wenn er von seinem Geburtsort sprach, nannte er ihn Märchenland. Die Ansichtskarte auf seinem Schreibtisch zeigte Türme und Mauern der Stadt im Dornröschenlicht, Farbumschlag infolge übermäßiger Lichtexposition. Einen Monat vor seinem 25. Geburtstag hatte er das erste Mal mit einem Kerl im Bett gelegen. Jedes Glied hatte das andere gefunden, Pauls Körper hatte gebebt. Bei aller Zärtlichkeit hatte er in den Magazinen auf die Punks und Underdogs gestiert, die Revolte aus Verletzung, Nietenhalsbändern und geballter Faust überm angewinkelten Arm, die die schmächtigen Leiber trieb. Kinder, die immer zu spät dran sind.

Paul ging nach Prag, um seine Brötchen zu verdienen. Die schwarzen Häuserfassaden packten ihn (von vorne und von hinten); der vom Kohlebrand gelbe Rauch leckte ihn sauber. In der Gründerzeitbaracke neben seiner Wohnung, oben, am Steilhang *Bei den Birken*, wo die kurze Straße als Treppe weiterkletterte, hauste einer von denen aus den Magazinen. Die Haustür verbrettert, die Fenster zugemauert, grüßte ein Transparent die Welt: *Míra zdar dalekému i blízkému*. Mit nacktem Oberkörper saß der Hund mit den roten Haarflusen im Fensterstock darüber und las. Heftchen, die in einen Handteller passten. Er grinste Paul unverschämt frech an, als er über Dachrinne und Balkon in seine Bude stieg. Paul drehte sich weg. Jan pfiff ihn zu sich her. Er zeigte ihm den Tritt, wie man von der Rinne auf den Gesimsvorsprung wechselt. Er zog Paul auf seine Matratze neben Schutt und polierter Teekanne und starrte ihn, den Kopf zwischen seinen Händen, an, bevor er ihn küsste. Kein Fenster stand offen am 21. Juni. Die Hitze prallte gegen die Scheiben. Jan war die Sonne am Wendekreis des Sommers, zwischen Schulterblättern und Nackenwirbel. Als Linus' Nadeln die Wirbelgegend erreichten, johlte Paul. Jan raspelte Pauls Haare ungleichmäßig kurz. Pauls Studenten schauten, und Paul fühlte sich mit einemmal bestärkt und schämte sich zugleich. Jan brachte Paul zur Cibulka – ein verfallener Gutshof über dem westlichen Stadtrand, wo der Untergrund rumorte und der Punk tanzte. Hinter der Wendeschleife der Trambahn begann der Waldweg. Die untergehende Sonne drückte sie mit ihrer Glut auf die Lichtung. Das Gras stachelte kühl unter den Füßen. Paul glitt zwischen die Objekte seines Begehrens und betäubte sich mit Bier. Die Musik krachte an seine Brust. Er vergaß sogar, nach den Sternen zu sehen, so viele gingen gerade in ihm auf. Ein Zottliger gefiel ihm, und er schleifte ihn nach Hause. Jan schwieg, rieb sich auch ein wenig an dessen Filz, doch als der Zottlige wegschlief, wie im Koma, presste er Pauls Kopf zwischen seine Hände und hörte nicht auf, ihn anzustarren. Paul brachte andere. Jan liebte sie alle mit oder danach, doch so flüchtig und behände, als würde er auf einen Sprung in seine Bude einsteigen. Paul ließ er dabei nicht aus dem Blick.

Als die Maiunruhen in Berlin auch im Dezember noch nicht aufhörten und die Radiosender Brandmeldungen aus dem großen Land um den Erdball schickten, schnurrte Jan wie ein gefangenes Tier durch die Wohnung, von Wand zu Wand. Er sammelte seine Klamotten ein. Paul verließ die Hochschule. In Güterwagons und in den Schlafkojen von Lastwagen kamen sie voran. In ihren feldgrauen Wintermänteln und Wollmützen schienen sie einer Reservistenkameradschaft aus den Tiefen der Geschichte entsprungen und wurden mit Kopfnicken, ja Wohlwollen durchgewunken. In den Städten und Ortschaften des Elbbeckens sahen sie die ersten mobilen Beichtstühle. Priester, die die nahe Rückkunft der Geheiligten verkündeten oder den auf den Kniebänken Gekrümmten ins Ohr raunten, streuten Kindern, Frauen mit blühenden Gesichtern, Müttern in Kittelschürzen und Männern mit gichtkrummen Händen gleichermaßen Asche aufs Haupt. Die Schlangen der Wartenden lasen Paul und Jan an den blanken Pfaden im Schnee ab, unter denen der Lehm glänzte. Auf einem abgestürzten Provinzbahnhof boten Knirpse ihnen Eislutscher gegen ein Lächeln und halbe Hosenknöpfe an. Paul zahlte mit Katzengold und lächelte. (Friede über den Zwergen!) Als die Schrebergärten kamen, drückten sie einander die Hand: die Ausläufer Berlins. Am S-Bahnhof Yorckstraße rissen feixende Punks, die nach einer Armee der Hungernden und Frierenden in den Herzen aussahen und sich mit Fellwesten über den Lederjacken und Doppelringen an jedem Finger wappneten, sie von den Bänken der S-Bahn. Als Ihresgleichen erkannt, lotste man die beiden zwischen Barrikaden, ausgebrannten Kübelwagen und ewigem Glockengeläut zu einem besetzten Haus in der Pfarrstraße. Paul war da, wo er in seinen Gedichten immer hatte sein wollen. Wo die Steine flogen, um ein irdisches Sternenmeer zu schaffen. Er suchte die Männer, um sie nicht zu verlieren. Linus stach ihm Stern um Stern. Für jeden Kerl einen. In einer nach außen gebogenen Spirale über Rücken und Enden der Rippen. Seine F l a m m e n - G e b e t e. Jan sah sie wachsen. Jan erhörte sie. Mit keinem Stern ließ seine Umarmung nach. Die Spirale erreichte den Rand der Milchstraße und kratzte am Deckel des Firmaments. Der dritte Himmel stand offen.

„Alter, du bist reif für ne Himmelfahrt", raunzte Linus und wischte Blut weg. „Kennste den Saulus aus der Bibel?"

„Paulus."

„Hat er später geheißen."

„Bei mir ist's umgedreht. Erst Paul, dann Saul. Der auf die Erde Entrückte."

„Verrückte."

„M e i n dritter Himmel heißt Erde."

„Willkomm'n, Bruderherz." Er cremte den letzten Stern ein. „Und immer schön sauberwaschn. Dass du n richtiger Kerl wirst." Er boxte Paul in die Seite.

Im Stehen kippten sie ein Bier. Paul stülpte seine Jacke über, hatte es plötzlich eilig. Der Flammenhimmel, die süße Hölle in Wehen, seine Steißgeburt ins Geschwisternest. Da lang. Die Tür klappte. Linus drängte nach. Kaum eine Laterne, die noch heil war. Schwarzer Asphalt, über dem die Stiefel schlugen. Rötliche Lichtinseln. Wahl des Zufalls, der die Glühbirnen vorm Steinschlag verschont hatte. Kein Feuerschein eines Gottes, der vorangeht. Durchgang zum Bahnhof Nöldnerplatz. Paul stieß gegen einen Beichtstuhl der Predigtleute. Linus drückte ihn mit den Knien aufs Pflaster. Hockte sich hinter die Kasperlbühne. So, Adams Unschuld vom Lande, jetzt beichten. Paul legte ihm sein Halstuch um. Wie es der Ritus verlangte. Gut, es war blau und nicht lila, aber das juckte die Dunkelheit nicht. Paul erzählte. Die Geschichte seines Lebens. Immerzu Nahrung für den Kopf und der Körper das unbekannte Raumschiff, das ihn über die Erde trug. Seine Blicke den wilden Außenseitern nach, in denen der Widerstand zündelte. Jeder Stachel an einem Armband ein Stachel in s e i n e m Fleisch. Küssen bis zur Weißglut und zu den rohen Lippen. Linus brauchte nichts zu sagen. Paul sah. Bild für Bild. Jedes Gesicht mit dem Irokesenschweif obenauf: s e i n Gesicht. Jede Niete, die sich ihm entgegenstellte: Silber aus seinem Bergwerk. Jedes Grinsen, das die Spießer der Welt verlachte: ein Zucken seines Körpers. Ego te absolvo … Er rollte sich aufs Pflaster. Ein Zug stäubte über ihnen weg. Kein Sternenglanz. Nur die Decke der Unterführung, weiß schwarz weiß schwarz und so fort, vibrierende Streifen – was das bisschen Licht hergab. Das ganze Verlangen auf den Leib gepaust. Erlöst, Milchbruder Jan. Stern meiner Art. Der jüngste Tag könnte kommen, und er würde ihn erkennen vom Grab weg. Geschissen aufs Zittern, von wegen dass es einmal aus wäre mit ihnen. Sie würden sich aneinander, an Linus und einer halben Handvoll andrer wärmen (Hunde wollt ihr ewig …?), damit sie zusammen alt werden könnten, ohne zu frieren. Sie würden sich aufeinander wälzen wie Götter und mit Segen füttern. Sie würden fechten für die gute Sache, bis ihre Köpfe zittern und die Steine in der Faust weich würden, solange die Kraft reichte, damit mehr als eine Handvoll jetzt noch plärrender, windeltragender Bälger um sie herum, und deren Bälger wieder, aufeinander zeigen könnten, wenn sie so alt wären wie sie: Seht – in seinem Staub, doch aufrecht, der freie Mensch.

„Das geht doch nicht“, schrie Paul, lupfte sich hoch und rannte los.

Linus hinterher. Sie stolperten über weggekippte Gehsteigplatten, Bordsteinkanten, Gummiknüppel und Dachlatten. Häuserecken scharf im Flug. Die Fassaden der Pfarrstraße überzogen von Bildern eines erträumten Dschungels. Geckos, haushoch, Schlingpflanzen, nickende Orchideenblüten. „Das geht doch nicht", brüllte Paul, „dass Leben so weh tut!" Das Treppenhaus brüllte mit. Er fiel auf die Matratze. Biss sich mit seinen in Jans Arme, und Linus krallte sich mit Händen und Füßen um beide. „Das geht d o c h", stampfte der, „weil Hunger und Leben eins sind. Los, sauft!"

Sorgenkinder oder Sempre sempre

Wache Augen und Magerkeit, Trotz und schmuddelige Verschlagenheit, als lebten sie draußen im Wind der Straßenschluchten.
(Michael Sollorz, Warschau 87)

Enkidu in der Stadt, denkt sich Jaro, *furzdrauf! Lass die Windchen los!* – und zwickt sich in die Backe. Hinter sich spürt er die Hauswand stürzen, grad ins Genick. Die schmutziggelbe Dutzendware an Aufbaufleiß und Vergessensscham, an Bußfertigkeit und Vergebungszwang, welche die Nachkriegsväter Haus um Haus, Straßenschlag für Straßenschlag samt Eckbalkonen der leichten französischen Art emporgezimmert hatten, als wären's mobile Beichtstühle. Mit jeder Baustelle ein Feld weiter. Und immer in Sack und Asche: grau, graugelb, küttenbraun wie'n umgebrochener Acker nach der Sommerglut. Manche mit Müllschlucker bald. Dass der Dreck von unten, vom Kellergeschoss her stinken kann, schön von der Wurzel an. Los. Und oben kehrt jeder vor s e i n e r Haustüre. *Fahrrein!*, denkt Jaro und tastet nach der Wand im Rücken, deren rau' Putz die Zähnchen bleckt. *Tu deinem Namen die Ehre, du gar nicht mehr Friedfert'ger aus dem Land des ewigen Frühlings: Jaro - mír.* „Und wir geben diesem Wind den Namen Jaromír …" – er reibt die Putzkörnchen von den Handflächen, lacht sich ins prompt saubere Fäustchen, das er ballt, wie zur Probe – was seine Eltern sich alles so zusammengeschnurrt haben an Weltschmerz, dass sie ihren Erst- und Leichtestgeborenen mit dem Kranz aus Versen gesegnet haben und der Name quasi als Brosame, Fallobst für Haussperlinge, als Beibrot sozusagen mit dabei – „… und kehren heim an fröhlichem Wasser." *Von wegen fröhlich. Sturzbäche! – Trinkt auf mich!*, denkt sich Jaro, *lasst die Gläser bersten. Ich bin aufgebrochen, eines Tages, wie ihr's mir über dem schlechten Taufstein aus rosa Plastikbadeschüssel und augenwimmernder Haarseife vor Zeiten versprochen habt – und doppelt gesegnet und geselcht vom Rauch und der ziellosen Unrast der Städte werde ich heimkehren. S wird regnen wie aus Mörtelkübeln und ein schöner Schlamm wird sein am Tag meiner Heimkunft, und von euren Grablöchern aus noch werdet ihr's mir zuschrein mit der Stimme eures Dichters: „Der Himmel erbarmt sich deiner mit Inbrunst, Jaromír!" Ich werd' Löwenzahn rupfen, barfuß aus dem Wald treten, und der Wolkenzug über mir, Kopf tief (und zuäußerst) im Nacken, wird ein Wildlachsschwarm sein, den's in seine Laichgründe aus frühster Stichlingszeit zieht. – Sauft auf mich! Enkidu kehrt zurück. In der Wildnis geborn, vom Asphalt geblendet, im Dickicht der bill'gen Spelunken um Mann und Mann gebracht und so viele doch an der Angel gehabt dabei; zähl sie nicht! Einmal vom Quecksilber der Straßen gestochen, vergiftet's ein'n immerdar – und wie's schwärmt (und rollt) in'n Adern! – Sauft auf mich! Eure Spitzmaus ohne Kirche und mit geköpftem Glauben schleicht heim. Fragt nicht: Wieso hast du dich nicht gehütet? Einmal spitz aufs Kuscheln mitn Brüdern, treibt's ein'n rein und raus. Schnecken haben wenigstens ihre Häuser. Schleicht euch!* Jaro zupft einer Wilden Möhre, die sich zwischen seine Tomatenstauden gezähmt hat, an der Blütendolde herum, dass sie sich anstrengt mit dem Aufblühen und Auseinanderfalten. Eine wenigstens unter so vielen Abgefallenen. Drüben aus der offenen Balkontür Computerspielepengpeng. Kuscht der Knirps vor den Eltern zwei Stunden lang und reift innen zum Helden heran. *Herrgott! So es dich gibt bei Wasser, Brot und Gnade. Erbarm dich seiner. Schick Engel mit einem Flammenschwert und lass sie die Schaltkreise auf Haupt- und Nebenplatinen einschmelzen!* Jaro räkelt sich. *Noch einer, der draufgeht. Noch einer, der dran glaubt. An die Erlösung aus Plastikknüppel und Ballerknopf. An ein Krüppelleben aus Programmiersprache und Abermillionen leuchtender Dioden. „Wie die Sterne am Himmel, so sonder Zahl sollen deine Nachkommen sein." Hat er das dem Abraham und seinem Samen versprochen? Hat er das? – Schöner Trottel. Aus jedem Kinderzimmer glänzt so ein Sternenmeer von den Bildschirmen. Und darin, im Spiegel der Wünsche, scharen sich die Kreaturen. Kommet zuhauf. Noch so ein Singsang, der's einst verheißen hat. Erst sieben Milliarden auf der Erde, Plage für die Schwester – und die fetten Jahre für die Kriecher noch lang nicht vorbei, und dann noch einmal die gleiche oder doppelte Zahl auf den Schirmen, hoffend und bangend auf eine Himmelfahrt ohne Fleisch und Gebein. – Kloppt sie! Zu Schnitzeln. Auf jeder Seite rösch gebraten und dann ab in die mageren Jahre. Heulen, Klappern und Zähneknirschen geschenkt und hinterher. Holt's euch!* Jaro gibt seinen Sorgenkindern einen Schub Wasser. Aufgetan Türrschmidt Ecke Kaskel. Die ganze Straße hat mitgejauchzt, als er das zuschandengerittene Bäumchen aus der Mulde zwischen Schutt, Möbelklein und einem plattgemachten Rattenkadaver gefleddert hat. In ein, zwei Jährchen könnte er sich an winzigen Zitronen berauschen. Wäre er dann noch da. Er schiebt das Bäumchen eine Handbreit aus der Sonne, dreht den Rest von Blattgrün dem Welleternit der Balkonbrüstung zu, zwickt noch drei dürre Ästchen ab. Das Computergeballer geht ins finale Würgen, Schlag auf Schlag, der Klangprozessor kommt nicht nach hinter der Schusslinie der dauerfeuernden Finger und drückt die Salven als unverdauten Brei durch die kleinen Lautsprecher. Jaro streichelt die Gießkanne, zärtlich, als wär's das letzte Mal, dreht sie mit dem Schnabel ins Eck und schiebt sich den Stuhl unter den Hintern. *Schweigt*, denkt er, *oder lebt für immer im Zustand von Brechdurchfall und Dünnschiss.* Er hebt den rechten Arm, lässt ihn, der Schwerkraft folgend, ins Scharnier des Ellenbogens klappen, wobei die Rückhand sich dem Haus mit dem Terrorregime in den letzten Zügen zuwendet, und flugs im selben Moment richtet sich der Mittelfinger auf, als würde ein geheimer Faden ihn himmelwärts ziehen, während die übrigen Finger mit dem Handteller schmeicheln. Auf seinen Lippen erscheint das böse Lächeln. *Samson*, denkt er, *wie konntest du! Mich, die ungehörnte Unschuld vom Lande. Geliebter der Bäume. Flüsterer der Grillen. Der's den Ziegen noch gezirpt hat, bevor sie zu ihren Bocksprüngen angesetzt haben. Jaro, wie konntest du! Kommt einer, knallt dir seine herzzerreißenden Blicke um die Ohren, hext mit dem Spiel der Glieder, jubelt dir seinen Stoßzahn unter und raunt: So mach ich dir Kinder und Beine! Brüder und Aberbrüder warten auf dich in den Palästen und mit Schnitzwerk und Ebenholz ausgezierten Kammern der Stadt und in den Tempeln dort lebt ein nimmer endendes Fest von Zeugung und Fruchtbarkeit. Göttern begegnest du, du vergisst den Ruf deiner Herden darüber. – Und Jaro, unschuldig, wie er sein will und's den Versen nach sein muss, glaubt's, wie nur ein Heide im Stand eines Kindes – Erregung und Wunscherfüllung begatten sich fast in e i n e m Moment – glauben kann. Überlässt seinen Ziegen Dornen und fettes Gras und der Obstbäume hängende Kronen zum Rupfen, verriegelt die Tür seiner Hütte mit einem entschiedenen Ruck, schiebt noch die nächstgelegenen Ziegelsteinbrocken, welche er auf Zehenspitzen halb unbequem schon erreicht, auf den zwischen Rost-*

brand und Altmännerhaarsilber changierenden Weißblechstücken des Dachs zurecht, wirft seinen Rucksack über die eine, leichte Schulter und geht, ohne sich umzuwenden. Samson hinterher. Mit Umstand und vagem Bedacht, als müsste er etwas halb Heiliges vor der mit Torheit geschlag'nen Menge hüten, klaubt er die ausgerissene Fotografie zwischen den Buchseiten hervor. Die ins Schwüle drückende Kühle der Eingangshalle schlägt ihm entgegen. Die Jungs schweigen. Dunkelhäutig, in kurzen Hosen und Unterhemd. Der eine hockt, die Beine ein Stück weit angezogen, auf der Viertel-treppe, die überwachen Augen blicken direkt in die Linse. Der andere lehnt mit der durchgedrückten Hand an der Wand, das Spielbein ins Knie des Standbeins gestemmt, dass der Körper sich leichthin aufrichtet und Schwerkraft und Gleichgewichtssinn in ein müheloses Spiel zueinander finden. Auch sein Auge blickt in die Linse, doch eine kleine, nachgerade winzige Wendung seitab, die die Kamera im selben Moment festgehalten und unverrückbar dem Auge des Betrachters geöffnet hat, gilt dem auf der Treppe Bereitsitzenden. Zwischen dem Sitzenden und dem Lehnenden kommt der *Comandante* ins Bild, über dem brusthohen Schmutzfang aus bräunlicher Ölfarbe, über die Jahre in immer sattere und zugleich ermattetere Töne von Braun patiniert, und der diesen beschließenden Bordüre in verblasstem Kobaltblau auf die damals noch halbwegs weiße Tünche gemalt. Schwarze, fast formelhafte Striche mit kräftigem Pinseldruck ausgeführt; der Ruch von Heiligkeit schon als Geschmack beigegeben, als alles noch jung und im Werden: die bekannte, zu allem entschlossene, keinen Moment auch nur zögernde Dreivierteldrehung des Kopfes, der ruppige Sechstagebart, die Lockenpracht, die das Rasiermesser nicht zu kennen scheint, vom Barett Richtung Schultern und Nacken nur zaghaft und widerwillig gebändigt – vom Rumpf noch eben soviel, dass der Patronengurt sich spannen darf über dem angerissenen Brustkorb und der rote Stern sein Aufblitzen über dem pochenden Herzen nicht verleugnen kann. (Für die gerechte Sache nur!) „Sempre, sempre", liest Jaro darunter, in fremdem, in weicherem Anschlag der Hand geformten Druckbuchstaben – und meint daraus den um ein Vielfaches höheren (als Bewohnern seiniger Breiten zugebor'nen) Feuchtegehalt der Luft ablesen zu können. Auf dem mannshohen Säulenzylinder des Treppenantritts, dem das ineinander in mannigfaltiger Weise verflochtene Blatt- und Blütenwerk der Eisenbalustrade entspringt, sträubt ein mit glattem, beinah chirurgisch zu nennendem Schnitt enthaupteter Engel die Flügel. Ein Buntglasfenster geht über dem ersten Absatz in die Höhe, blutrot, flaschenbodengrün, ein Gelb zwischen Sonnensturm und reifen Ähren, verschattet von Bäumen oder knapp aufschließenden Nachbargebäuden. Das Halbdunkel saugt an Jaro. Als ob's in Flammen stünde darunter. Seine Hand aber mit dem Foto bleibt in der Schwebe, unentschieden ihr Käpt'n, die Betrachtung zu Ende zu bringen oder nicht. Das Gesehene und so Erkannte zu bezieh'n auf sich. N i c h t in Gleichnissen zu reden. Jaro kneift die Augen zu. Schnauft durch. Die große Brise. Sein Herz rennt. Havannas Greisengesicht, der sterblich geword'ne Engel, jagt unter ihm durch, bis zum milchigen Horizont, wo das Meer den Himmel ins Brautbett zieht. Im erschreckten Glanz von eben ausgewaschenem Gold oder von der Spitzhacke angestoßenen Gesteinsadern – als wäre das rasche Aufleuchten – der hastig erzwungene Schimmer von Gneis, das unterseeische Fluoreszieren – der Versuch, das Tageslicht und sein unbarmherziges Stöbern abzuwehren, ein Gegengift, rasch aufeinanderfolgende Injektionen, ein heillos sich verschwendendes Störfeuer bis zur ganzen Neige, ein kindisches Gebaren, dem Lebenskreis der Erdinnenwelt allein gerecht, vor dem einzig gültigen Anspruch des Tages –, in eben dem Glanz gibt sich die Vorflut an Dächern: Ziegelgevierte, Weißblechfelder, von Algenflor beschlag'ne Zementplatten, mit ähnlichen Narben geimpfte Wellasbesttafeln – angeschoben von Massen aus Sanftmut und gewaltiger verlorener Größe, Jaro zur Augenweide, zum Heulen schön im Untergang, hin. Die Akanthusranken, die Triglyphengesimse, die von Korallen- und Rollwerk und ins Fratzenhafte verzerrten Masken besetzten Schlusssteine der Fensterbögen laufen in diesem Sturm mit. *Berlin 89*, denkt Jaro. *Was hätte die Stadt sich den Menschen geschenkt! Wir sehnten uns nicht nach dem schnellen Fick, der's mit dem Überwältigen macht, sondern nach dem endlosen Beischlaf in den Abbruchhäusern. Wir hätten den Trümmern das Jawort gegeben. Statt* e i n e r *Liebesnacht die Tag- und Nachtgleiche der Liebenden, die sich von einer raubeinigen Kammer bis zum schwarztapf'ren Kohlekeller, von einem Abtritt auf halber Treppe bis zur Legion zuwendungsbedürftiger Schornsteine über den gescheckten und wie zum Trotz immer aufs Neue leckgeschlagenen Ziegeldächern erstreckt hätte. Auf jedes Flickwerk hätten wir mit Aberflickwerk geantwortet. Soviel Dreck kannst du gar nicht atmen, bis er dich gesund macht! Das unabsehliche Grau der Fassaden und Hinterhofklemmen hätte uns trunken gemacht und einen Farbenrausch, eine Alchemie von Schönheit in den Schädeln beschworn. Der Punk hätte neben dem Saubär'n in der Remise gehaust, das Klatschweib neben der käuflichen oder für eine Dreingabe verschwendeten Liebe im Vorderhaus (männer- und weiberseits), der Steinmetz hätte dem Architekten auf die Finger gekloppt, der Wissende hätte dem Einfältigen das Maul mit Weisheit gesalbt, der Denker dem Schwätzer mit Einsicht die Fresse poliert, jeder hätte dem andren voll Kunstsinn ins Handwerk gepfuscht, wie im Wettstreit hätte einer dem andren an den ungeschminkten Lippen gehangen. – Und jetzt? Pflastern sie die Straßen mit Dauergranit auf unverrückbare Zukunft und putzen die Fassaden, als wäre 1900 um kein Jahr nach vorne gerückt – und die Liebe verdorrt im Salon unter der Tonnage von Stuck und Lüster, verdurstet auf den patinaschwang'ren Kartoffelkisten und Zwergenstühlen, die sie vor jedem aus dem Tiefparterre auf die Trottoirs gerissenen Laden als Einladung zum Tagwerk aus Nichts aufstellen. Jede Kaffeetasse, die du ausnippst, schnurrt deine Innenwelt auf ihren Rand hin zu. Deine Vorstellungskraft vergeht mit dem Milchschaum und dein Reichtum besteht aus den Groschen, für die du dir das täglich wechselnde Stück Sitzplatz und Zeitung erkaufst.* Jaro gibt dem Welleternit einen Stoß. Wenn er will, vermag er, den letzten zwitschernden Ton des Ausschwingens mit dem Gehör zu erspüren. Er redet auf den Busch Pfefferminze ein, der aus der Mörtelpfanne quillt, und auf deren mit Schmachtlippen verseh'nen Blüten die Bienen sich reihum ein Stelldichein geben. Als Sechzehnjährigen hatte ihn zum ersten Mal ein anderer Junge beglückt, auf der Dorfdisko für Trottel, im schäbig-aufpolierten Gemeindehaus von Kleinteltow

(*– mein Rübchen- und Mutterkuchen*, wie Jaro Trebitz, nestelnd am Hosenknopf, voll landunter, getauft hatte). Zwischen zwei ausrangierten Kühlschränken im Flur zum Archivraum. *(– Füttre mich!)* Ihm war's wie Konfirmation und Jugendweihe zugleich vorgekommen, Segnung von oben Richtung Aufstieg zur Mannhaftigkeit und unbeholf'nes Frischlingsgewerkel von unten Richtung Rückwärtsrammeln ins Paradies. Sie hatten sich die Hosenläden gegenseitig wieder zugezogen, die Hände am jeweils andren Hemdsaum abgewischt, bevor sie sich das hängende Elend verkrampft in den Bund gestopft hatten – hatten sich noch einmal anvisiert, und Jaro war unterm Wummern der Bässe und dem auf Freundschaft aller mit allen – nur nicht mit dir! – machenden Flitterregen der Diskokugel in eine neue, ihm bislang unbekannte Einsamkeit, deren Vertrauen er jetzt und sofort zu gewinnen trachtete, abgetaucht und hoffte, ja betete darum, dass auch dem anderen so geschehen möge. Zwei Jahre später schusterte Jaro sich und seinen sieben Sachen aus der Bretterhütte im Obstgarten seines Großvaters eine Bleibe. Seinen Ziegen zimmerte er eine Herberge daneben. Jaro trieb's unliebsamen Schößlingen aus, ließ den Schlehdorn über die Klinge springen, ging dem übrigen Wildwuchs an die Wurzeln und ließ die Sense durchs Metergras schnurren. Jaro leckte sich den Schweiß unter den Achseln aus, rinnsalweise, und wollte nicht aufhören, sich zu schmecken. Jaro pflanzte Zwetschgenbäume, weil er sehen wollte, wie die Zicklein mit dem Aufstieg darauf zurechtkämen, wenn die Schößlinge zu mann- und fraubaren Exemplaren herangewachsen wären. Aus vier Ziegen waren zwölf geworden. Jaro war allein geblieben. Auf seine Anzeige in einem Berliner Szeneblatt kamen drei Wochen lang schubweise Antworten; sein Briefkasten schluckte ob der ungewohnten Last. Den Brief mit dem (weithin und) schamlos lockenden Aufkleber – und w i e war Jaro die Schamesröte darüber zu Gesicht gestiegen, obwohl keiner das Unding auch nur fitzelchenweise erblickt hatte –, ein Tiger im Sprung, das Maul aufgerissen, die Zähne wie aus Stahl, im Stil kraftrealistischer Bilderheftchen amerikanischer Machart der Vierziger, verbrannte er ungeöffnet. Die in königsblauer Tinte in bester Schönschrift aufgemalte Adresse leuchtete ihm noch einmal entgegen, als ginge die Kleinejungenzeit nie zu Ende. Samson lud er ein. Samson kam und blieb. Samson mit dem geschorenen Schädel, den Benn-Allüren (wenn er vom August sprach, in dem er sich nie einsamer gefühlt hatte, trotz Jaro) und dem Kleinmädchenschwindel, wenn Jaro mit ihm raufte. Bis ihm die Ziegen über den Kopf stanken. Jaro fuhr zu Samson nach Berlin. Nächteweise zunächst, dann ein Wochenende über das andere. Samson riss neue Jungs aus neuen Anzeigen auf und kam ihm abhanden. Jaro hätte gehen wollen, zweimal über die linke Schulter gespuckt und Mittel- und Zeigefinger hinterm Rücken gekreuzt, *Schleich dich, alte Hure Berlin. Dich treff ich nimmermeh'*. Jaro konnte nicht. Basti rüttelte an seiner Tür. Im Tatrawagen hatte er von ihm abbekommen, zuviel. „74" hatte im Bullauge gestanden, doch genauso gut hätte er die Zahl – wie's Basti i h m getan hatte – auf den Kopf drehen können. Jaro hatte sein Rad die Klappstufen hochgerafft. „Einer wie ich", hatte ihn ein Nietenhalsband neben der Tür begrüßt, die Bahn hatte losgeheult, und darüber, einen Kopf größer als er, ein grüner Schopf, den Jaro unverhohlen angestarrt hatte, während der Schopf ihm eine Flasche Bier an den Mund drückte. Mit dem Zählen und Rechnen habe man die Liniennummern abgeschafft, hatte der Schopf, halb kumpelhaft, halb wirr, abwechselnd Jaro und dem zweifelhaften Bier in der Flasche erzählt, nur die Schaffner drehten zuweilen mit einem dreckigen Grinsen eine her, um die Fahrgäste zu foppen, sekundenlang im Besitz einer schäbigen Macht – und im nächsten Moment flattere schon das leere Transparent im Leuchtkasten oder walze sich über „Rundfahrt", „Sightseeing" und „Linienverkehr irregulär" ins blanke Licht der Neonröhre. Der Grünschopf hatte es zwischen den Zähnen zischen lassen, etwas zwischen Abpfiff und Beifallsbekundung, ihm das Bier abgenommen, die Flasche in den Gürtel vorm nackt sich zeigenden Bauch gezwängt und ihm, wie zum Tausch, eine Karte zugesteckt. „Ich fahr mit dir, wohin du willst", hatte er geschnurrt. „Basti" hingekrakelt, und darunter ein Straßenname, den man mit etwas Glück auf keinem Stadtplan fand. Bei der Kurve vor dem nächsten Abzweig, mit hartem Bremsen geholt, war Jaro abgesprungen. Basti hatte ihm das Rad entgegengestemmt, den Hinterreifen auf den Oberschenkel gebockt, halb in den Knien, ein Akrobat, der's allen beweisen wollte, eh es federnd zu Boden krachte. Jaro hatte das Nietenhalsband blinken sehn im Zuratschen der Türbälge. *Siehst du*, hatte er sich beruhigt, *auch in der Stadt leben Wilde. Bleib.* Er war geblieben. Um Bastis willen. Seine Ziegen hatte er verschenkt, verkauft – nur auf Schlachtung nicht –, was herging. Er hatte mit Basti geschlafen, in Häusern auf Ableben, deren Tage sie nicht zählen wollten, in Kaschemmen, nachdem alle gegangen waren und die Stühle schon auf den Tischen standen. Der Bodensatz – Holzplanken für Aschenputtel: Kippen, Kronkorken, Bierpfützen, was sie sonst noch nicht spüren wollten – schreckte sie nicht. Ihre Körper waren ihr Zuhause geworden. Was sie begehrten, war nicht mehr als ein Augenblick, den sie im Haschen schon von den Fingerkuppen bliesen. Jaro kellnerte. Jaro putzte Treppenhäuser und wischte den alten Nachbarn den Hintern aus. Jaro schaffte an, wenn er wollte, um den Mann in sich endlich einmal zu betrügen. Immer kam er ihm aus. Basti küsste ihn, vor allen, doch dann legte er ihm sogleich die Hand auf den Mund, dass die andren sahen: ein Rest Geheimnis bliebe nur ihnen. Sie nannten sich gegenseitig und auch dies vor allen lahmarschig, mannstoll, verschlagen und närrisch, trotzig und trostbedürftig und was sie an Worten zaubern und aufbäumen konnten im ungestiefelten Wind, als müssten sie die verlorene Revolution befördern. Der wirkliche Wind, der schon einmal den Wandel angekündigt hatte, war von der anderen Seite gekommen. Von der Seite der alten Kasten. Ihre entrückten Gesichter waren unter den peitschenden Befehlen stumpf und grau geworden. Ihr Land Geschichte. Jaro hatte die neuen Herren nicht zu mustern brauchen. Winde unterscheiden konnte Jaro. Und wie die Menschen schmecken, wusste er auch. Er hatte selbst lange genug an sich geschleckt. Hätte es nicht so banal und falsch geklungen, er hätte gesagt: zwei Hauptgeschmacksrichtungen. Süß und bitter. Eins nicht ohne das andere. Gut und gut – nur die letzteren machen's auf die böse Art und glauben an ihren weißen Pelz dabei. – Jaro schiebt das Foto mit den Jungs zwischen die Buchseiten zurück. Der Pfefferminze gibt er einen Klaps. *Wie man nem Stricher Ade sagt*, denkt er. *Was duftest du auch so arg.*

Mir schwillt schon der Stängel. Kneift's euch zusammen! Er boxt sich eine in die Backe, leicht, doch so, dass er's wahrhat. Basti pfeift von der Straße her. Zwei Finger zwischen die Lippen gespreizt, wie er's liebt. Würd' er sich über die Brüstung beugen, er könnt' den Lulatsch mit dem lichter gewordenen Grünschopf sehen, wie er von einem Bein auf das andere steigt, den Rucksack über beiden Schultern, weil d a s Gepäck nicht von einfachen Eltern ist. *Die Linien des Lebens sind verschieden / wie Wege sind und wie der Berge Grenzen*, denkt sich Jaro. *Friedrich Hölderlin. Noch so einer ohne Heimat. Noch so einer von denen, die danach plärren und zetern.* In Jaros Gedärm flammt die große Stadt u n d die Hütte in Kleinteltow. *Bienen züchten, Ziegen melken, dem Ackergaul das hungrige Maul stopfen. Gut und gut. – Furzdrauf! Leckt euch die Zungen wund am Milchschaum aus euren Kaffeepötten. Wischt euch auf euren Mobiltelefonen ins Jenseits, erschafft Bilder von euch, farbiger und kräftiger als jeder Absacker in die Wirklichkeit. Verscheißert euch, der- und andersgestalt. Nur hört auf, über den Dünnpfiff auf dem Abtritt zu klagen, wenn ihr mal die falsche Taste oder Kaffeebohne im Leben erwischt habt. Ballert euch ab in der zweiten Welt, nur hört auf zu rufen: Keine Bomben auf niemanden!, wenn's hinter euch einschlägt. Schlaft oder wacht. Beruhigt euch oder seid voller Sorge im Herzen. Enkidu kehrt heim!* Jaro bollert das Treppenhaus durch nach unten, die Hand an der Mittelspindel, keinmal setzt er ab. Reißt auch den zweiten Rucksackgurt auf die Schulter. Klatscht Basti in die offen hingehaltene Hand. Als würden sich zwei Kumpels treffen, wie so oft. Sie trotten los. *Trottel*, denkt Jaro, *immer, immer.* Sobald der Zug nach Kleinteltow anruckt, fall'n ihm die letzten beiden Verse aus Hölderlins Gedicht ein, Alterswerk, der Dichter schon im Turm und umnachtet, wie man so sagt. Er flüstert sie Basti ins speckig gebliebene Ohr: *Was hier wir sind, kann dort ein Gott ergänzen / mit Harmonien und ewigem Lohn und Frieden.* Er sieht zwei Jungs, die sich gegenseitig ins Ohr beißen, vor Kitzel auflachen, wieder zubeißen, schrei'n, weil sie schon spüren, dass es da langgeht, wo man zupackt und's wehtut, wo Blut kommt und etwas aufklafft und offen steht. *Sempre, sempre.* Enkidu, keiner von denen, die nach der Unsterblichkeit schielten. Von

Gilgamesch maßlos beweint, von den Göttern mit Gleichmut betrachtet. Hinter sich spürt Jaro die Hauswand stürzen, gradewegs ins Genick. (Die Sorgenkinder würden sie nachholen, morgen, übermorgen.)

Kleines Tedeum

Der Bub hatte innegehalten im Springen. Das Seil vor den nackten Füßen, ließen die Hände die hölzernen Griffe nicht aus, welche die Endstücke fassten. Durch die spleißenden Knoten dort lief noch ein zitternder Rest Schwungs: Gleich würde er wieder loslegen, zurück in sein Element. Die Hofklamm wie unterm Geburtsdruck; das Licht ein Streckschuss. Alle Augenblicke der Verdammnis in ein'm. Brüll'nd weiß und kalt stand es im Rechteck, eine Gebirgsbachgischt. Die Hausmauern schluckten Schwärze. Ein dreirädrig' Fahrgestell, ein Krankenrollstuhl schwerbeschädigter Art, horchte unter der Plane. Der *Continental*-Werbung stopfte ein Schuttberg das Maul. Nicht einmal seinen Schulranzen hätte er hier beerdigen wollen. Der Bub schlug sich die Hand vor den Mund, der Dracula-Gruß: *Und erlöse uns von den Särgen.* Die Brandmauer drückte den Himmel ab, das Fallrohr spie seine Reste in den modrigen Sand. Der Bub starrte auf Janoš und durch ihn hindurch auf die abgeflossene Zeit und den dritten Teil Raums, der ihn und sein Seil in Bewegung versetzen würde, hörte der Augenblick auf zu verweilen. Er war das einsame Kind, abgestellt auf Verrat vor der Bordsteinkante, Platz für fünfhundert ungelebte Leben, verkauft auf eig'ne Gnade. – D a s hatte er gesehen. – *„Gib mir den großen weiten Hauch …"*, flüsterte Janoš und drehte den Regler hoch; auf inn'res Funkengewitter, „– oder ich hau' dich entzwei!", und außen setzte es ein Geschrei. Karl knüppelte auf das Stellwerk. „Bruchpilot, Bruchidiot! Kill dein Bohei! Nichts hier ist heil." Als ob man Geschmeiß behauchen könnte! „Geist!", züngelte Janoš. „Greis!" Er boxte gegen einen ausgeweideten Schaltschrank, packte Janoš am Bauchnabel: „Ich bin so frei!" „Sack mich ein." „Noch ne Runde Schnack?" Janoš duckte sich: „Mach mich klein." Karl drehte eine Pirouette; ließ ab; klopfte Staub aus der Hose: „Amen. Und spar uns was auf fürs Abendbrot, hast du gesagt. Dass bei unsrem letzten Abwasch alles vor die Hunde gehe." „Die Besten reißen sich um den Plunder." Janoš wischte übers Schaltpult; polierte zwei Bakelitknöpfchen, ließ sie, kinderhändisch, wie auf Spiel, einrasten. „Schau es dir an, das Wunder!" Er rutschte sich auf seinem Hocker zurecht. „Alles mein." Karl zupfte Janoš, als hätt' er Federn: „Früher hast du gebetet: Lieber Gott, mach mich fromm, dass zu mir der Himmel komm.“ Janoš griente; dachte an ein and’res unreines Reimwort: Lümmel. Pimmel. „Die Sirenen haben’s dir schon gesungen am Wiegenbette“, zischelte er ihm ins Ohr. „Du hast mich gedungen, in den langen Häng-ab-Nächten, bei den Söldner-Knechten fette.“ Ganz an sein’m Ohr. Als haucht’ er ihm eine Backpfeife. „In den langen Bängbäng-Nächten … – Troll dich!“ Janoš fuhr Karl übers Haupt; ließ einen der perlmuttschimmernden Knöpfe – Horn, Dynamit, Ewigkeit! Meine Güte! – nach dem anderen tieferrasten, als hätte der Strom Lande- und Scheuklappen, Zugriff auf alle Landetrassen – und dann, Himmel!, weich Bodenkontakt, der ihn trüge und trüge ins Geschwisterherz ihrer noch unbewohnten Erde. Das rattenschwarz’ Knöpfchen zum Vorfluter versank in seinem stählernen Bette. „Gute Nacht ihr Kindchen mit dem vom vielen Drücken fingerdick’ Grindchen“, schmeichelte Karl – und Janoš legte den Kopf eins schiefer, bis der Kloß in ihm seinen Abschied nahm, was er rotzend, schmoll’nd und mit einem letzten gottbefohl’nen Schütteln aus den Tiefen seines abgefahr’nen Fleischs und Gebeins meldete. „Bist ein Braver“, schluckte Janoš und legte auch den schmächtig’ Oberkörper um: „*Lobet Gott in seinen Reichen.* Mir kommt’s hoch bei so vielen erdrosselten Geistern.“ „Scheißern.“ Karl streckte den Hintern vor. „Hol den Saubesen raus und kehr durch …“ „… dass sie nicht Stuhl und Wasser lassen.“ Karl lachte, als ging’s unter Tage. Janoš schrubbte den Hocker zurück, ließ das Steuerpult abblitzen und hakte die Hängematte ein: sich einnisten, langmachen, sein Allerheiligstes an die Äuglein drücken: Müllkippen aus Röhren, die Silberdrähtchen wie Grillenfühler, wie Raupenhärchen im Vakuum ausgezogen, schimmernde Glaskolben, zigarren-, pilz- und eiförmig, Brutkästen kosmischer Empfängnis, Keramikisolatoren, Schleifkontakte, Überspannungsschutzkipper, Kabelreste, als hätten Schmetterlinge im Werden sie mit textil’nen Hülsen umsponnen, Kipploren eines Jahrhunderts voll Kälte, Allmacht und Eitelkeit, eines Metropolis *Durch Grimm zum Glück*, Absacker ohne jeden Grund und Boden in eine Zukunft, die einzig zu leuchten schien. – Heiß war der Sommer gewesen. Die Stadt in der Agonie der Gottgefälligen. Janoš wie ein Verdurstender durch die Hinterhöfe gestromert. Ob es Schatten gäbe, der hielte, was er versprach: Friede mit fix und alle, Rauschaus, eine Art Rausschmiss aus dem Rausch, ab die Post mit der flirr'nden Quecksilbersäule zum arktischen Pole. Er stocherte Schlupfwinkel ab, die's mit der Kühle der Kellergewölbe hatten, pflanzte Arsch und nackten Rücken darein, er kotzte vor Hitze und Schnaps, den er sich an einer Straßenbudik auf Kimme und Korn und freihändig ins off'ne Maul eingegossen hatte, er übte Armdrücken mit der Glut, wer schneller hoch- oder niederkäme, wer Kinder würfe, tausendfach, oder als Riese umginge durch die Welt – und am Ende bezwangen sich beide, s i e i h n im Schwitzkasten, e r s i e im Drosselgriff des durchgeknallten Liebenden, der kein Ende mehr sieht. In d e m Sommer hatte er sein Heiligtum, seine Kanzel und seinen Gnadenstuhl, gefunden. Das Umspannwerk einen Halbhüftschlag hinter dem Potsdamer Platz, von ihm gleich *Tour de Rabatz* genannt, ein Flakturmbastard im Suff mit Schmachtblick und massig Oberweite, ein Tornadohub aus seines Lebens schönster Faulgrub', ein Atompilz auf Lungenzug, nur ohne Zünder, für die Friedfertigsten, denn sie werden den ganzen Tand, das ganze gottverlass'ne Land erben. Ölschalter bläkten ihn an, brandrote Streckfinger schlugen ihn köpflings und mit der blutigen Stirn auf die Ziegelwände, was Kathedralen ganz ohne Gott ergab, mannbar, ehrlos, vom Frühlicht umgarnt, *Halbgruppentrenner*, unerhört' *Lebensgefahr* las er und schrie „Gefahrenschatz!, aber einer mit Schmatz!" und klaubte das Echo ein unterwegs; er leckte die blechdürren Türen blank wie ein Ratz, ob er die Säure schmeckte dahinter, welche die Kofferschränke von Batterien in ihren Zellen horteten – „Schatzkammern", zischte er –, knackte mit den Augäpfeln deren Lack – taubenblau, stumpf, lüstern –, eh' er ihn ans Jenseits aus Nebel und ewigem geistigem Frust verwies. Mittlings lief er den Gang durch, lässig und doch – oder gradwegs deshalb – ein Herrscher, eingefahr'n in sein Reich, die Arme waagerecht balancierend beidseits, dass die Fingerkuppen den kommenden Strom spüren konnten, den die abgelassenen Speicher wie Regen auf dürrem Land ersehnten. Er redete ihnen gut zu; von der Rückkunft keines Messias, sondern von ihm, Janoš, dem Kümmerling, Auftreiber, Hundsfott. „Karl", rief er, „Gott wird nimmer satt. Leg mich platt!" D a s hatte er gesehen. Er hatte die Ringbrandöfen gesehen, spuckend Ware und Feuer, weit hinterm Weichbild der Stadt. Er hatte die Lehrbretter gesehen, welche die Zimmerleute aufgerichtet hatten, um den Maurern die Hand zu führen entlang der Stockwerk um Stockwerk sich dreimal weiter auswachsenden Ringe. Die Arbeiter ziehend und schiebend im Ziegelkarrengeschirr, als wär's ein kaum gebändigtes Tier, das auf Schlachtung geht. Die Straße zum Bauplatz ihrem Morast verfallen. Vereinzelte hinterher, auf Herzschlag noch mit dem Tier, doch auf Abstand aus, sollt' es ausschlagen, halbgebeugt abgefallene Brocken sammelnd; *Kot*, dachte er, *andre Ausscheidungen dieses Dämons.* Zwei auf Zoff bekittelte Polier' belachten die Prozession: *U n s e r Gott nicht,* dachte er, *letzter Staatsakt im Spätwinter, im vor dünner Runkelrübensuppe Hungers knurrenden Abgang einer Zivilisation.* D e r Himmel im Bäckermehlstaub, im Savannenpuder. Latten- und Bretterwerk gehsteig- und mauerseits glaubte an kommende Barrikaden. Mit seinen Spinnengliedern kämmte ein Bauminvalid' das Puder aus. Grad vor der Hausecke arbeitete er sich durch, auf den Umsturz der Hoffnungslosen hin zur Schwemme aus Licht und entfesselter Kraft – derweil hinter den schmutzigen Fenstern das blanke Elend zu hausen liebte, von ihr'm Angesicht zu seinem, von gleich zu gleich, Karl, *Brüderchen, komm, pflanz' mit mir.* – Das oberste Stockwerk schob sich als Auslug weit über die and'ren, eisensprossendurchfenstert ringsum, von der verlassenen Schaltwarte aus predigten Janoš und Karl den Vögeln, die zwischen den Pflastersteinhaufen – weiß wie Zuckerstücke lagen sie da, von verrückten Riesen nach essbarem anderem durchwühlt und so ungehörig in die Breite gezogen –, hinter Bündeln Armierstahls und Schüttungen Schotters nach ihrem Anteil suchten. Dreimeterleitern und Stahlträger lehnten wie Spielgerät unter den hochkant gestellten Fensterbändern des Turbinengebäudes, eine Schubkarre parkte davor, auf Zwerge aus, die sie holten heimlich des Nachts. Wer holte ihn des Tags oder Nachts? „Karl", rief er, doch Karl war neue Inseln finden der Anständigkeit und Sauberkeit, ohne Sirenen. „Ich kehr' deine schmutzigsten Ecken raus", salzte der. Honigfein bei jedem Dreck. Konnte er selber Putz-mich-

Woche spielen. Auf Kinderfurzen mit des Geistes Blödigkeit; Tage im Mattenrevier, Nächte auf Anbandeln mit Schwarzbier und sich selbst. Welcher Gott hatte ihm d e n hergeführt? Welcher Sommer hatte ihm d e n , abgehalftert vom Betteln nach Liebe in den leeren Straßen, auf den das Menschenwesen verachtenden Plätzen, dem Lechzen nach Friede den Trieben in den kreuzweise kopulierenden U-Bahn-Tunneln von Hermann- bis Alexanderplatz samt ihrem willigen Vieh, hergespült? „Karl“, rief er, doch Karl war mit Gott noch lange nicht durch. *Gib mir den großen weiten Hauch.* Wo war das einsame Kind, hockend auf dem Bordstein: glatt auf dem Sprung –, hinter sich den reinen, blütenweißen Gehsteig mit seinen Trittplatten aus Porphyr, vor sich die reine, wie auf ewig gefegte Straße mit ihrem Pflaster aus Granit, ewig auf schepps zum ins schier Endlose fluchtenden Bordstein verlegt, – und *endlos* hieß die paar hundert Meter bis zum Eckturm des alpenländisch sich gebärdenden und grad deshalb um keinen Deut heimatlicheren Gebäudes – neben sich stand es noch einmal und neben dem Doppelgänger stand ein zweites, ihm ähnlich, um eine Winzigkeit kleiner – woran es erkannte den Versatz der Zeit –, die kurze, über dem Knie gekappte Hose um eine halbe Nummer drunter, aus der es herauswachsen würde ohne Umweg in seinen versackten Bauwagen ohne Räder und Abtritt – aber wacker’ Kanonenofen und Zugrohr! –, Seit’ an Seit’ gelehnt an die Mauerwerksflanke des Lagerblocks, der gradaus, straßenseitig, breitseits, – seines Bauwagens Schmalseite aber –, die Schießscharten präsentierte wie eine Nutte den quellenden Busen, die allgewaltigen, die Luft vergewaltigenden Kühlrippen – und dahinter die Speckschwarten, die Südfrüchte, die Matratzenrostgrüfte, die Tonnen Blechsteigen voll mit Eiern, die Fünfkiloblöcke Buttterersatz, mit Presskuchen letztjähriger Sonnenblumenernten auf vollgelb gefärbt – –. – Karl pfefferte den Besen aus dem Fenster ins Gras, die Gespenster ins Grab, und versetzte sich und der Luft einen Kuss. „Kehraus“, krawehlte er, auf vollgeil verderbt. Das Segeltuch krachte. „Meine Großmutter hat gesagt, aus dir wird mal keiner. Und – schau mich an!“ Janoš schaukelte sich dumm in seiner Matte. Karl fuhr drein, riss sie auf Stillstand. „Besen, Besen bist gewesen – sei fortan ganz Sau und irdisch' Wesen. Schrubb los!" Janoš gluckste. „Und der Geist ertränkt am Tresen." „Besauf dich!" W a r der Tisch gedeckt! Karl stolperte, zerrte schon an der Hose, walzte sich in Janošs Matte. „Sei leis'", flüsterte er und legte ihm die Hand auf den Mund: Janoš, der Rest vom Pressen seiner Mutter, vom Mutterkuchen *the best* – , „das Biest, das Best'", jauchzte Karl, auf vollderb gefärbt, den quellenden Busen am Schoße pur von seiner einer Natur, das Pack aus dem Bauwagen, in die große Stadt gekackt – und alle sollten sie seh'n, w i e sie's einander dort packt! –, der Kümmerling, mit seinem *Gott meint's gut mit dir, nun mach schon, werd schwach schon*-Kümmerding, der Auftreiber, den kalten Frieden Austreiber, der Hundsfott aus dem Bezirk unter der Magengrube, der Halbgott voll auf Balztube, raugewaschen in der Kalkgrube, der Phäaken Liebesbube – d a s hatte der Bub gesehen, die Hand vor dem Mund. Die beiden wälzten sich in der Matte, drehten den Regler hoch. Und ob man das Geschmeiß behauchen konnte! – und ob! *Lobet Gott in seinen Reichen! – oh little old boy*, das kleine Tedeum – verzeih! – der Säu'!

Ihr wisst ja nicht oder Die beste aller möglichen Welten

Aquí me quedo
con palabras y pueblos y caminos
que me esperan de nuevo, y que golpean
con manos consteladas en mi puerta.
(Pablo Neruda, Voy a vivir)

„Unsre Druckmaschine", sagte er zu Räuber, seine Pranken auf dem Koloss. Räuber nickte und angelte sich ein Flugblatt. „Verboten", sagte er. „Was?" Baals Kopf zuckte. „Bei uns verboten. Gesetz zur Bereinigung des Geistes. Die meisten haben eh noch nie das Maul aufgesperrt. Also ist ihnen auch das egal." Er machte eine Handbewegung. Ein Klebeband, das er erst über Baals, dann über seinen Mund zog. Baal hieß eigentlich Kalle und Räuber Wolf. Wolf hatte sich für Räuber entschieden, weil es dem wilden Tier in ihm eine menschliche Gestalt gab. „Augen, aus denen die Wälder kieken", hatte Baal gesagt und „Kalle klingt wie n Seebär auf Krücken. Baal soll er heißen, der Lump. Und euer Rauchopfer wird bis zu meinen Bergen aufsteigen. Fürchtet euch!" Er hatte losgeprustet. „Ick nenn dir trotzdem Wolf. In der Stadt braucht's Wölfe." Sie stapften vors Haus, eine rauchen. Die Arme schlenderten. An den Durchgang gedrückt, blickte Räuber hoch, das ganze Fassadengebirg, das, Nordseite, nie einen Sonnenstrahl abbekam, von Kaskaden von Holz- und Kohlebrand überschwemmt, Relikte von Stuckleisten, wo die Fenstergläser schwarz glänzten, amorph, zu neuer Zeugung bereit, und wies, den glimmenden Stängel zwischen den Fingern, auf die Fahne des kleinen Landes, Sonnenscheibe und Pflug im Eichenkranz, die zwischen zwei Fensterbretter gepinnt war. Brätsch spuckte von oben, der Kerl, der sie gestern am Hauseingang erwartet hatte. Baal knurrte, stolz. „S is auch dein Land jetzt."
„Ich mein nur, Bauern …"
„Bauern hinterm Pflug, genau. Ein Pferd vornedran, ein Batzen Scheiße als Dünger. Du isst das, ick ess das, fertig."
In Räubers großem Land: Traktoren, führerlos, Scherenausleger, dreißig, vierzig Meter breit, die über die Ackersteppen walzten, Spielzeuge in Satellitenhand. Krieg um Krieg für das Öl. Die Kohleflöze ausgefräst, die Sande mit Chemikalien ausgelaugt, um den Hungerdämon nur weiter anzufachen. In den Fabrikhallen die stumme Choreografie der Maschinen. Dürre Rücken, über die Bänder gebeugt. Vor den Bildschirmen der Trust der Ingenieure. Das Auge Gottes auf den Fahnen der Nation. Vom Windhauch vervielfacht, in die Hirne geschleust, von den Herzen gefürchtet.
Im späten Licht ließen sie sich die Schönhauser hinuntertreiben.

Räuber glotzte – „Sei anständig“, puffte ihn Baal in die Seite: Frauen, die seine Großmütter hätten sein können, im leichten Sommerkleid, geschneckte Haare, tanzten auf dem Gehsteig. Walzer- und Tangoschritte. Vom Kastaniengarten her Musik. Volksliedhaftes. Alte Schlager, die in seiner Kindheit aus dem grauen Transistorradio gesickert waren. Die Münder offen, voll Lachen und falschen Zähnen. Er hätte mitkippen können in ihre Schritte hinein, die ganze Breite ausgenutzt von Gehsteig und Straße, von einer Häuserzeile zur andren. Ein Pulk Muttchen schrammte an ihnen vorbei, ein paar fuhren Räuber durchs struppige Haar, zwickten ihm in den Hintern. Baal zog ihn am Koppel zwischen zwei Baracken. Sand knirschte. Sie bückten sich, kamen über eine kurze Treppe hinunter, mitten ins Stampfen und Hüpfen der Leiber; Baal drückte ihn gegen die Ziegelwand und gab ihm einen Kuss, dass alle es sehen konnten, dann flog er zwischen die Akkordeonriffe, wehmütig, hart, bestimmt, zu singen am Ende der Tage. Eine Steppe weit im Osten, unscheinbare Blüten, hunderttausendfach aus dem Frühlingsboden gereckt. Räuber schüttelte sich, trieb unter seinesgleichen, stolze Schöpfe, halbgewaschene Mähnen, die hochschnellten, mitzappelten, sich mit den Armen in den Himmel warfen. In den Augen die reine Unschuld von Kindern, keins entkam ihm. Als würde das Leben selbst feiern. Er lehnte sich an die Wand. Baal neben ihm. Ein Mädchen schenkte ihnen Kuchen. Marmor. Für die schönsten vergebenen Jungs. Sie füllten sich gegenseitig die Backen, stopften nach, sackten müde zu Boden, „Kuchen für alle“, riefen sie, ihnen blieb die Luft weg, so jäh erkannten sie sich im Ruf des andren.

Baal hatte ihn am Grenzübergang der geteilten Stadt aufgelesen, ach was, geschnappt hatte er ihn sich. Erkannt an der Schiffermütze, an dem ausgewaschenen Pulli mit dem *CCCP* auf der Brust, das man nur noch ahnte, *Friede den Hütten* darübergebügelt, und das Koppelschloss hatte ihm sowas von ins Auge geglänzt. Rüber. Und kein Zurück mehr. Das große Land verzeiht nie. Segen nur für die Getreuen.

Am Morgen der Streifen aus dem Wahrsageautomaten. U-Bahnhof. Eberswalder Straße. Baal auf Bräutigamsuche. Er hatte sich

ins Fäustchen gelacht. *Keiner soll mein Wegrand sein. – Verstorbener Dichter*, stand darunter, *Name: Benn.* „Mit mir nich. Gerade deswegen und heute find ick dir“, hatte er in den Tunnel krawallt, das Gewölbe hatte gedröhnt wie zu Zeiten, als noch Züge durchgedonnert waren, und Fledermäuse waren aufgestoben. Er hatte sich die Ohren zugedrückt. Bis kein Lastwagen mehr rübergekommen war, hatte er gewartet. Dann das Koppelschloss. Der ganze Kerl. Der Stich ins Auge und ins Herz. Er war dem Zögerlichen gefolgt, hatte ihn, noch im Gehen, angesprochen. Beinah hastig. Dabei seine verschnittenen Haare gerauft. Ihr Haus in der Kastanienallee. Willst du mein Wegrand sein, Kleiner? Räuber hatte den Mund aufgemacht. „Klapp den Schnabel zu.“ Baal hatte mit dem Arm gerudert, stadteinwärts, und war losgelatscht. Wie zur Probe, ob er hinterherkäme. „So schmeckt Freiheit. Nach zerschrammten Dielenböden und Mistkübeln im Hof. Heizung im Winter: Ick dir. Du mir. Eener den andern.“
Brätsch hatte vor dem Eingang gekauert – Abenddämmerung, aus der urplötzlich und mit einer für Räuber unbekannten Endgültigkeit Nacht geworden war, an jeder dritten Straßenecke nur eine Peitschenlampe, gegen die sie anrannten – und eine Blendlaterne angezündet. Baals Zimmer. Baals Höhle. Brätsch hatte wieder, wie ein stummer Nachtmahr, der den Fang aus dem großen Land bestaunt, in der Ecke gehockt, die Laterne vor sich, als Baal auf die Matratze zeigte, „Hier schlafen wir“, die Bücherstapel, die Plakate an den Wänden, die von Solidarität, Bruderschaft und Verantwortung für die lebendige Erde sprachen. Formeln für Räuber bisher. Gelesen in unter der Hand kursierenden Büchern. Brätsch hatte den Arm um seine Schultern gelegt. Ihn durch den stockfinsteren Gang in die Küche geschleift, ein Stockwerk tiefer, die Stiefel krachten sie einander in die Hacken. Hier teilten sie mit einem Wildfremden Küche, Brot und Bett und die Gedanken in ihren Köpfen. Gruben Industriebrachen zu Äckern um und rieben sich gegenseitig den Schweiß vom nackten Rücken. Und nach ihrem Tagwerk lauschten sie in den grasüberwachsenen Stadien den Dichtern, die mit leiser, gerader Stimme, vom großen Rund zurückgeworfen in die fassbare Stille, ihre Verse lasen, jedem direkt ins Ohr.

Räuber tat, wofür er gemacht war. Unterrichten. Die schönsten und hellsten Häuser für die Kinder. Am Morgen schon weckten sie ihn. Mit Marmeladenbroten rannten sie durch Baals Zimmer, schrien „Baal und Räuber machen neue Kinder“ und schnappten sich ein paar von den Büchern. „Wir lernen“, schrien sie. „Und nachher basteln, schreinern, die Welt aus den Angeln heben“, rief Räuber aus dem Bett ihnen hinterher. „Macht Lärm, wenn's klemmt, ich greif euch unter die Arme.“

Räuber und Baal lasen, pflanzten, schrieben, tanzten, soffen, was die Jahreszeiten hergaben. Brätsch zog Ziegen mit der Milchflasche groß. Sein Gemüse wuchs zwischen aufgebrochenem Asphalt und in ausrangierten Parks. Das kleine Land wurde Räubers Heimat. Alles lockte, nirgendwo war ein Ende.

Als Räubers erster Kinderjahrgang auf die Landkommunen drängte, um loszulegen, in die Schulen der Philosophen und Pflanzstätten des Geistes, um zu erproben, was der Mensch sein kann, fiel das große Land in das kleine ein. Den stillgelegten Tagebauen, den seltenen Erden, vielleicht auch den von keinem Gift verseuchten Äckern galt sein Begehren. Von den Leinwänden, die man hastig auf den Plätzen der Stadt aufgestellt hatte, ohne zu wissen, dass sie dort Jahre geprüft würden in Schnee und Sonnenglast, sprachen in flackernden Filmprojektionen die Weisen des Volks. Keine Pflugscharen zu Schwertern. Keine Steinschleuder auch nur am Gürtel eines Kindes, die sich gegen den andren erhebt. Packt die Rucksäcke, begrabt die Toten, ebnet die Felder und geht. Korn in den Speisekammern soll den andren zeigen, dass sie auch nur aus Knochen und bedürftigem Fleisch gemacht sind.

Als Räubers zweiter Jahrgang die hellen Häuser verließ, rollten die ersten Züge, mürbe Holzwagen, die man zu zählen aufhörte, hinauf an die gleißende Küste und zur östlichen Grenze des Landes. Greise, Alte, Kranke und Gebrechliche zuerst. Dann die Mütter mit den Scharen von Kindern, die Männer und Heranwachsenden, die Clans der Urweisen, die aus den Klöstern des Geistes. Die Front der vorrückenden Truppen, in ihrem Gefolge die Saat-, Ernte- und Düngemaschinen, die Tagebaufräsen, die Viehzucht- und Großschlachtgeräte, erreichte die geteilte Stadt.

Räuber und Baal hörten sie wüten, von ihrem Eisenbalkon aus, der in die Sommernacht ragte, ein Schiff, das nicht ablegen wollte. Das Wummern und Dröhnen, das sich mit keiner Bewegung des Kopfes fortschütteln ließ. Baal zog den Papierstreifen aus der Tasche. *Keiner soll mein Wegrand sein.* Räuber hörte die Geschichte zum ersten Mal, den Rücken auf dem Bodenblech, die Augen in den Sternen, begrenzt und erhöht vom Rechteck des Hofs.
„Du hast mir bis dahin begleitet, Kleener. Jetzt geht's alleene weiter."
„Die Alten haben gesagt, man wird ein Stern. Und irgendwo stimmt's ja auch. Jedenfalls hab ich's meinen Kleinen so erzählt. Wenn das da", er tippte auf Baals und seine Brust, „wenn das da drin erlischt, dann geht ein Licht auf."
„In dem Land hier warn die Sterne schon immer zum Greifen nah. Sogar für so große Pranken wie meine. Wir ham auf jeden Fall unser Bestes gegeben."
„Die beste aller möglichen Welten."
„Hat ein Philosoph gesagt."
Baal brüllte. In die Nacht hinaus. „Ihr wisst ja gar nicht, was ihr verliert!" Keuchte. Ein Tier. „Fürchtet euch."
Fürchtet euch. Räuber weinte. Hemmungslos. Fürchtet euch.
Im Morgengrauen marschierten die Truppen die Schönhauser hinauf. Was sich ihnen entgegenstellte, Kordons von Männern und Frauen und solche mit Pickeln auf der Stirn, die eine Hand in der andren Hand, zornlos, beschämend frei, fiel. Beinah lautlos. Von den Schalldämpfern der Maschinengewehre geschluckt. Selbst im Morden noch präzise. Ein Querschläger erwischte Brätsch, der seine Ziegen aus dem Gatter trieb. Räuber lehnte aus dem Fenster, um die Fahne des kleinen Landes einzuholen. Baal fummelte am anderen Ende, hatte einen Nagel heraus und zwischen den Zähnen stecken. Er winkte ihm, dass er soweit sei. Etwas zischte. Der Pflug vor der Sonnenscheibe rauschte los. In die allerbeste aller möglichen … – Ob das noch Welten waren? Dort?

Wüstengeister Aug in Aug

Da ist einer in die große Stadt gekommen. Einer, der genau hinschaut, sagen die einen. Einer, der nicht so genau, sagen die anderen. Keiner hat recht. Er ist einer, der nicht wegschaut. Anfangs noch nicht jedenfalls. Später wird er wegschauen. Wie ein arg Verliebter. Obwohl – verliebt war er schon am Beginn. Und dann diese Augen. Du glaubst, der Leibhaftige ist in ihn gefahren u n d der Messias auf Kreuzwegen, sieben Legion' Engel unter der Schiebermütze. Wir werden!, wird er später mit diesem Blick in den Augen betteln und schwören –, das Barett der Internationalen Brigaden auf Rot-Front geflaggt und den Pelzkragen des Wintermantels hochgeschlagen zur Aureole der Endzeit (Einsetzen der Wirkung: sofort), in dem Revolutionäre von Witebsk (Weißrussland) bis zur Sierra madre occidental herumzurennen pflegen (gemeinhin), die Waden in Wickelgamaschen, den Rock gegürtet, die Schnallen am Ärmelaufschlag im Licht selbiger Apokalypse –, dem Grobzeug der Mikrophone wird er's befehlen, den kämpfenden Genossen mitten ins Herz: PASAREMOS! Wir werden, wir werden und werden …! – Was denn. Sie treten immer noch mit den Füßen. Nur draufdrauf. (O SPANISH EARTH …) // Er verhockt das Leben in Döblins Praxis. Überall die verbrauchten Requisiten der Bürgerlichkeit. Der Webteppich auf dem Schreibtisch, der Kuvertständer, das Teetablett unterm Lampenschirm, der einen Knicks vollführt darüber. Regler redet, dass es so nicht weitergeht. Erinnert Döblin an sein Wort von der Republik ohne Gebrauchsanweisung. Eine ohne jeden Gebrauchswert, sagt Regler. Döblins Blick von der Sanftmut eines Engels, der sein Zelt unter den Menschen – unter den Windhunden, den Knochenklaubern, den Resteaufschabern – gebaut hat. Schier bodenloser Schmerz u n d das Wissen, dass es wehtut. Dass es nirgendwo einen Schalter zum Ausknipsen gibt, nirgends einen Trost, außer dass man hinschaut und im Hinschauen, im Kreuzen der Augenaufschläge, so etwas wie einen Rücksturz (momenthaft) in die Mutterhöhle des Anfangs, der wirklichen Kindheit zu tun vermag. Stille sein, nicht widerstreben. Kann ich es denn?, denkt Regler und kennt sofort die Antwort. Döblins Blick streicht er durch. Die Brillengläser lässt er funkeln. Hinter den Deckeln dieser Einmachgläser die Innenwelt, das psychiatrische Staunen, die Einzelgaben Veronal, die gehn ihn nichts an. Er will nicht Einzelgaben. Er will die Gottesgabe, ganz und auf einmal. Die geht ihn an. // Wie die Mainzer Straße mit ihren schwarzen Häuserwitwen ihm eins in die Gosche haut. Was denn? Wie der Kerl am Zaun lehnt, das geht ihn an. Mit den Händen ins Eisen greift, weil ihn der Hunger übermannt, ihn packt, als der Bratendunst das Straßenstück schwängert (Souterrain, arme Schlucker, woher haben die …?), dass er kotzen muss, so herzhaft und blühend, dass es ihm den Magen ausstülpt beinah, weil er außer einer aufgeklaubten Zigarette (Findelkind, Weitwurfzirkus der Reichen und Prächtigen: Wer schnappt sich das stummlig' Gör?) und einer Tasse Fürsorgekaffee nichts zum Verdauen hat seit gestern Abend. Und heute wieder dasselbe. Immer die gleiche Order. Herr Ober …! Regler schaut hin. Wie die graue Soße den Asphalt grast. Wie der schäbige Anzug nickt (worüber?), wie er auf die Bescherung guckt, als hätt' er was gut gemacht, das er von Kindesbeinen an so gelernt. An den nackten Fußknöcheln die Kette immer samt der Zentnerkugel, auf der Ballonmütze Hammer und Sichel pur – und k e i n e Ähren zu schneiden und k e i n Werkstück zu klopfen, heut nicht und morgen nicht und in alle Ewigkeit nicht mehr in dieser Republik ohne Gebrauchtwerden –, fünf Scheine Reichsmark zu je 200.000 in der Linken, ein Kommissbrot in der Rechten, die Schulterstücke des Hemds zerfetzt, als wär'n's Epauletten, die man ihm heruntergerissen hätte. Degradiert zum Almosenempfänger. Bis zur Rückkunft der Gerechten. S o l l t e n sie kommen je. Derweil Stresemann die Pferde seiner Koalitionäre reitet (S.P.D. / D.V.P. / Dem. / D.N. / Zentr.) und mit großen Wünsch-dir-was-Talern Goldmark bei Stange hält. GERMANIA. HAU'S RAUS. Ebert grüßt: DEUTSCHLANDS DEPPEN ÜBER ALLES. Die Flüstertüten der Pressekader heizen's ins Volk. Die 13er-Tram kommt. Pfeift über den Wismarer Platz Richtung Bahnhof Stralau-Rummelsburg. Spuckt ihn an. Wie kein Wind keiner Zukunft. // Bloch pfeift sich die Lippen wund auf seinem rustikalen Holzspreizstuhl inmitten der andren rustikalen Holzspreizstühle, auf deren Gestänge so leicht die Füße zu legen, das eigne Frühwerk vorm Gesicht, ob es taugt, terrassenseits des Romanischen Cafés, Fremdling unter Fremdlingen … *die abge-*

sprengten unteren Teile zu sammeln, unser Haupt aus der Geschichte weiter wachsen zu lassen, den Staat zur Begleitung der Brüdergemeinde zu zwingen ... Bleib in deinem Roten Block, denkt sich Regler, kehr den ganzen Laubenheimer Platz aus bis ins letzte Eck. Servier Kaffee und Weinbrand in deiner gotischen Stube der Selbstbegegnung des Geistes, aus geschliffenen Karaffen und von messingnen Leuchtern beschirmt. Die Wirkteppiche der Gelehrsamkeit mögen dich schützen. Wisse!, ruft Regler und spuckt aus. Dass der Boden was abbekommt. Wisse, dass es einen doppelten Blick für alle Welten gibt. Drinnen und draußen! Seelentrost und Packmich, Packan! Er besteigt die Tram. Die ruckt an und die Welt wird Abgrund. Regler schaut in die Gesichter. Das vom rothaarigen Bub vom Stadtrand mit der vom Ellenbogen weg geflickten Wolljacke: offen, nur ein bisschen Schatten unter den Augen. Das von seiner Schwester: hart, verkniffen fast vorm Horizont, der sich niemals auftut, die Strähne in der Stirn hat noch ein bisschen Wind. Der Mund der Mutter: ein Strich wie der Scheitel, das Kreuz knapp am Hals segnet nichts mehr. Das Kleine auf dem Arm mit dem Spielball im Klammergriff: blöd schon jetzt. Ein Kind vom Mann im Mond. Und soviel oder sowenig zu- und abnehmende Helle in seinem Schädelrund. / Der im Anzug auf Pump und mit Schmiernfrisur, kaum Bart noch und teigig schon, isst gegen das Elend an. / D e r neigt den Kopf. Umfasst mit der einen Hand die Finger der anderen. Hat den Gehstock in die Armbeuge gegrätscht. Die Manschetten stülpen die Stofflagen vom Hemd auseinander. Der blickt mild. Noch um keine Vergebung verlegen. / D e r hat die Backen geschoppt, den Filzhut zu tief in der Stirn (kann es sich leisten), den Seidenschal lässig überm Jackett. Als wollte er die Welt verdrießen mit seinem Schleierblick aus Packeis und Skeptik. Die gestopfte Pfeife im Griff, als sollte alles erlöschen und verbrennen zugleich. / (Hirschberger Straße. Umstieg in die Schlesischen Bäder für Rekonvaleszente und Reaktionäre. Revolutionäre bleiben am Zug. Box dich durchs Leben! – E r will den richtigen Boxkampf.) / Und d i e. Wie eine vom Zirkus und von den Junkersgründen im Osten. Hand in die Hüfte gestemmt, Bluse überm Rock, Pagenmatte bis knapp übers rechte Auge, beide gekniffen, die Nase fleischig, als schätzte sie ab, was jeder wert ist. QUO VADIS LÖWENMUTTER? Oder auch nur eine von denen, die gegen den Fraß von Stillstand und innrem Zerfall die Fassade halten? Tapfre Artistin? / Oder d e r mit dem Hut, der die Krempe stellt beiderseits, als wollte er fliegen. Die Brille über die Tränensäcke geschlupft, angefuttert von Kuchen und weichem Erbarmen, von Lässigkeit manchmal gepackt und dagegen über den Ohren scharf ausrasiert und den Kragen korrekt geschlossen reinweiß. Wie fleischig ein Mund sein kann und doch ungeküsst. / An der Marktstraße staut sich's. Der Durchlass mit Sperrgut verstopft. Oder die Weiche bockt. Der Gegenverkehr radaut. Die Norddeutschen Eiswerke winken mit Erfrischungen über den Damm. Wer mit Kleingeld klimpert, bekommt Brause vom Fass. / Und mit Gebetbuch und Hundertmarkscheinen im Hirn die Großbauern vom Land. In jeder Brust ein kleines Ferkel. Aber's quiekt nie. Die Münder mit Kurzstroh gestachelt. RETTET WESTFALENS VIEHWIRTSCHAFT! Immer eine Leimfalle für die Schmeißfliegen bei sich. Auf dass alles reintappe. BETET! / Regler fährt mit der Hand in den Hosensack, fingert nach den roten Groschen. D i e Farbe kann man um nichts kaufen. Bezahlen nur mit seinem kostbar' Blut. Der Schrotkugelturm ballert über den Häusern auf. Nahtlose Gewehrkugeln von Juhl & Söhne. Der Kampf kommt. Erwin Nöldner reißt die Türrschmidtstraße auf – Licht der kommunistischen Jugend bis hinauf in den Görlitzer Kiez. Die Erlöserkirche wirbt Schäfchen, die Suppenküche der frommen Gemeinde füllt die Blechnäpfe, aus den Helmen der Helden 14/18 gepresst, und die Kinderbewahranstalt öffnet die Arme für die, die Muttern wie Vatern ans falsche Vaterland verloren. / BETET! Überm Zaun hängen schon die Entenräuber, das Messer gezückt, die Hände im Maschendraht verkrallt, verschlagen von Geburt her die Visage und's Herz. Einer im Einreiher wie'n Gentleman mit Bolero und deshalb grad Kinderschänder und selber geschändet und von daher und deshalb rasiert bis auf die rosige Haut, keine Krawatte kann dem seine Höllenfahrt mehr retten –, der andre im Stülphemd mit Hosenträgern staffiert, dass er sich im Griff hat einstweilen, die Hand an der Brust, weil er Mut fasst vor der kommenden Tat oder beherzt ist sowieso oder das HÜTE DICH sich durchs bohrende Auge und über die Hasenscharte schreibt. *Darum zum Ende: wir selber schreiten derart, indem wir das Leid und die Sehnsucht denken, in unseren inneren Spiegel hinein.* Wen wählt ihr?, ruft Regler in den Wagen, und als keiner antwortet oder der betreten wegschaut oder der ihn herausfordernd ansieht, ruft er: Stresemann und Konsorten? Brüning, der Freiheit und Ordnung letztes Bollwerk? Babylonische Türme aus Granit? Festungshaft für die nächsten zehn Jahre schwarz-rot-gold getünchte Republik und darunter der Hindenburg-Knast? – und als einer die Faust rafft und der Nachbar zu kläffen anhebt, ruft er: Eisern die Front Eisern die Hand Republikanisch das ganze Land. Wollt ihr das? Wollt ihr Hammer auf Hammer auf Hammer? Einer im Blaumann drückt sich vom Sitz hoch. In Sowjetrussland, sagt man, soll's Arbeit und Brot zum Säuefuttern geben, presst er kühl. Holst du uns was rüber davon oder müssen wir nachhelfen? Er zeigt die schwieligen Hände und holt die Lacher auf seine Seite. Regler schiebt einen mit fanatischer Tolle beiseite, kassiert ihn gleich mit ein: Hinter Tegels Gittern gibt's Bohneneintopf pfundweise, der Hass wächst und gedeiht und im Wasserkrug kannst du dich und den Staat ersäufen. Er kommt zu dem Blaumann durch. Die Trambahn schlupft unter die Gleise. Das Tonnengewölbe bellt. (3.90 m. Achtung. Hochspannung! Lebensgefahr!) Regler drückt sich ins Licht. Ein junger Kerl mit geschorenem Haar, ebenmäßigen Zügen (als hätte einer das Lineal senkrecht mitten durchs Gesicht gezogen und das gespiegelt) und großen Augen auf Vollempfang geschaltet wie ein Radionist, der Andacht und Wachheit paart, Feuer und Grips, Turteln nur ohne Täubchen, streckt ihm die geballte Faust entgegen, ruft: Thälmann! so, dass es jeder hören kann und doch nicht in den Ohren knallt. Er blickt sich um. Nüchtern die Augen. Sticht und fesselt. Stänkert wortlos, indem er die Faust durchs Rund wandern lässt. Eh einer: Wider Kaiser, Hakenkreuz und Roten Stern rufen kann, wider Papen, Hitler und Thälmann und mit dem Ruf nach der SPD den Boden der Trambahn scheuert, fasst Regler den andren Rufer am rostbraunen Hemd, zieht ihn zur Tür, ratscht sie auf mit dem Schulterblattschub und peilt ihn und sich auf Ausstieg. *Wir ver-*

schwinden in der kleinen, gemalten Tür des fabelhaften Palastes, den Messias zu rufen, raunt er ihm zu –, und der Radionist fährt fort, als hätte er darauf gewartet, seit er die Kopfhörer abgenommen hat –, doch die Röhre am Empfänger glüht weiter, die gedoppelten Tellerkondensatoren stehn auf Habacht, die Stabantenne vernimmt weiterhin, was durch den Äther rauscht, aus Moskau, dem Bolschoi-Theater, vom dritten Weltkongress der Komintern, aus Witebsk, aus Trier, aus der National Library London, vor siebzig Jahren abgesetzt als Funkspruch in die Welt, gelb blau rot ist das Stromkabel eingestöpselt, dreifach verdrillt zieht es den Saft, blau und gelb gestöpselt lauscht die Antenne, blau und gelb melden die Stationen am Ohr: er schreibt mit, er denkt mit, er tut mit, die Schornsteine der Fabriken, die das Land füllen, haben ihre Rauchzeichen eingestellt, die Telegrafendrähte sind auf FREI geschaltet *... und in Explosion fliegt auf das Draußen, in den Weg Gestelltes, Satan der Todesdämon, das krustenhafte Ritardando der Welt, alles, was nicht von unserer himmlischen Herrlichkeit ist oder sie gar hindert*, fällt er ein und packt seinerseits Regler am Hemdsärmel. Der zuckt und verstärkt seinen Griff. // Bloch schiebt seinen Spreizstuhl auf der Terrasse des Romanischen Cafés zurück, lässt den Fuß vom Nachbarstuhl fallen, hebt den Blick von seinem *Morgenrot der Utopie* (München und Leipzig 1918. Alle Rechte vorbehalten.), sieht die Wolken ziehn, unbeirrt die 77er-Tram Kurs halten geradeaus –, dass es Wüstengeister geben kann, flüstert er und schüttelt leise den Kopf, denkt an die gottesträgerische Seele, aber dass wir selig werden, dass es das Himmelreich geben kann, das ist nicht nur denkbar oder erfüllbar, sondern schlechterdings notwendig. Er schüttelt noch einmal den Kopf über die Wüstengeister, die ihm die Trambahn eben abzufahren scheint, nickt, als er an die Empfindungsfähigkeit der Pflanzen denkt, auch wenn man das noch nicht beweisen kann, flüstert: möglich, möglich, möglich, bedingt, hypothetisch, evident – er reißt das Buch ganz nach unten, steht auf (ihm kommt's vor, als risse er sich vom Stuhl nach oben), legt ein Zweimarkstück auf den Unterteller, schiebt sich durch die Engführung der Stühle und Gedecke, tritt unter der Markise hervor, sieht in den Himmel, der hie und da blank, da und dort bezogen ist, sieht, was ist und was werden kann, sieht ein Stück fassbarer Natur und ein Stück vom Unfassbaren dahinter. Er nennt es *Drüben.* (*Es ist genug. Nun haben wir zu beginnen. In u n s e r e Hände ist das Leben gegeben.*) In seiner leichten Sommerhose, die ein wenig bauscht in der kaum merklichen Prise, macht er sich auf den Weg, wo die Straßenbahn die Wüstengeister abgefahren hat. Nach Hause. // Auch ein Getaufter, sagt Regler zu dem Radionisten, setzt ein kleines Fragezeichen dahinter und lacht auf. Ein Täufer, sagt der und lacht zurück. Ein Katechet vor dem Herrn. Nur dass der nach Schmierfett und Metallspänen riecht. Nach Proletarierstolz und -faust. Fast ein bisschen katholisch, setzt er fast verlegen nach. – Katholisch waren wir alle einmal, vor fünfhundert Jahren, feixt Regler schief, und zogen von Liebesmal zu Liebesmal durchs Land. Und nach den Kommunionen kamen Eheschließung und Krankensalbung, die Zurichtungen für die Ewigkeit. – Nichts ist ewig, faucht der Radionist und reißt ihn fester am Hemdsarm. Wo Omega ist, soll Alpha sein! Wo die Herren uns die Türen zuknallen, sprengen wir sie wieder auf! – Regler schnalzt mit der Zunge. Boxkampf ist angesagt, sagt er. *Dorthin geht es, alles mit uns zu färben, zu beschleunigen, zu entscheiden!* – Er hat seine Bibel gelesen, sagt der Radionist und fragt im selben Atemzug: Wo? – Bloch, sagt Regler und: Bahnhof Rummelsburg, Güterschuppen. Kampf unter Genossen. – und der Radionist fährt fort, als hätte er nichts dazwischengefragt und Regler nichts geantwortet: *bunt, abenteuerlich und heimkehrend, nichts ist fertig, nichts ist bereits geschlossen, nichts ist innen gediegen.* Er schöpft Atem, schnauft aus und pufft Regler in die Seite, als wollte er die Aufregung fortnehmen, die zwischen den Worten japst. Dann wieder – und Regler hat schon die Bahnsteigkarte gelöst für die Fahrt, als er so jung war wie der und so frisch entbrannt –: *Denn wir sind mächtig: nur die Bösen bestehen durch ihren Gott, aber die Gerechten – da besteht Gott d u r c h s i e, und in ihre Hände ist die Heiligung des Namens, ist G o t t e s E r n e n n u n g s e l b s t gegeben!* – Bloch würde eine Ehrenrunde Hoffegen einlegen, denkt Regler, wenn er wüsste, in welche Münder seine Worte gewandert sind. Und was sie treiben. / D 71 schiebt seine Schlafwagen erster, zweiter und dritter Klasse grünblechern und festgenietet aus dem zu eng gewordenen Mutterbauch des Nürnberger Hauptbahnhofs. Stahlkinder wir alle, denkt Regler. / Also sind w i r der kommende Gott, sagt er. Der Radionist nickt schnell. / Regler sieht auf die Taschenuhr: 0.54, fühlt das Metall glatt in seinem Handteller liegen, steckt sie zurück. Lichtenfels, Saalfeld, Jena, Naumburg, Weißenfels bleiben als salutierende Eckposten stehn, denen man die Gnade der Durchfahrt, den Spuk der eisernen Schlange, die sich durchs nachtschwarze Main- und Saaletal presst, gewährt. / Gott ist kein Faktum, Gott ist ein Problem, sagt der Radionist und lacht aus dem Stand unbändig los. W i r sind das Problem. / In Halle zwölf Minuten Aufenthalt, von 5.52 bis 6.04. Anschluss nach Dresden (an 10.44) und Breslau (an 13.23). / Nimm die eherne Schlange vom Stab und gib den Menschen den Stab selbst in die Hand, sagt der Radionist ins Lachen hinein, gib ihnen statt den zehn Geboten das *Kapital*, statt der Arche Noah und sämtlichen Rettungsbooten das Land, auf dem sie für die Junker und Bourgeoisen geblutet, reiß den Berg Sinai ab und errichte stattdessen Volksbildungsschulen. / Um 8 Uhr quert der Zug die Ringbahn in Schöneberg, lässt die Brücken der Yorckstraße dröhnen unter seinem Hundertetonnengewicht und läuft um 8.18 in den Anhalter Bahnhof ein. Mutterschöße, Mutterstöße der neuen Art. *Von meinen Schultern blättern die Gefilde, / die Lauben und die zugewachsenen Dörfer; / das ganze Land / ein Grab voll Väter: – nun sind die Söhne groß* Vaterland ist abgebrannt. Wer wird es baun? / Regler lacht jetzt mit, fällt ins schon verklungene Lachen ein. Denkt an Münzer, der ihn mit seinem weichgeschliffnen „t“, dem rundgebogenen „a“ an Nürnberg, ans Fränkische gemahnt: *O ho, wie reiff seynt die faulen opffel! O ho, wie morbe synt dye außerwelten worden! Dye zceyt der ernde ist do!* Denkt an Bloch, der sich von Münzer hat entzücken lassen: *Dorthin geht es:* … Ja ja, ruft er … *das Korn der Selbstbegegnung zu dem furchtbaren Erntefest der Apokalypse zu bringen!* Er schnappt nach Luft, denkt an den kommenden Boxkampf, daran, wie die Türen des D 71 aufknallten, die Gepäckträger mit grüner Mütze, die Dienstmänner mit roter Mütze anrückten, er die Eisentritte hinabstolperte, sie abwies, weil er seine Sachen selbst schultern wollte, wie es in der neuen Welt Brauch sein sollte, an den Wassern des Gartens Eden – naiv, naiv, naiv, denkt er *nun sind die Söhne groß / und prunken mit der roten Götterstirne / nackt und im Taumel des entbundenen Bluts.* – H a t der Mensch etwas zu lernen! Der Radionist lässt ihn jetzt nicht mehr aus den Augen. Vielleicht, weil er ihn für nicht ganz zurechnungsfähig, also von seinesgleichen Stamm hält, vielleicht, weil er ihn bewundert für das, was er hinter dem Schädel vermutet. Wer kann es wissen. Sie gehn den Straßenbahnschienen nach, zum Rummelsburger Bahnhof. // Das erste Mal Bloch gegenüber, auf dem Balkon der Kreuznacher Straße 52, hat er den von Querdenkerwolle umsponnenen Schädel auch nicht für ganz dicht gehalten. Wie Bloch von Berlin sprach, der Stadt am Meer, und das Ganze in seinem schweren pfälzischen Zungenschlag, der's wie ein Sprechen aus zweiter Hand geraten ließ. I h n erinnerte die Stadt mit ihrem Kohlebrand, ihrem Brikettduster, ihrer Verschlagenheit, den Winkel- und Hakenzügen ihrer Straßenschächte, dem Dunst ihrer Eckbeizen eher an ein an die Oberfläche gebrachtes Bergwerks-Saarland, dem er entstammte. Bloch hatte den Kopf gereckt, als wittere er Morgenluft, von Ludwigshafen am Rhein gesprochen, ob er das kenne, der Stadt s e i n e r Herkunft, diesem Trapper-, Siedler-, Indianerland, alles in der Schwemme, alles im Fluss, eine Handvoll Tausend Einwohner bei der Gründung 1843, zehnmal so viele vierzig Jahre später – Amerika, Amerika, Amerika!, hatte er gerufen und mit imaginärer Pistole, die doch nur seine drei angewinkelten Finger, vom kleinen bis zum Mittelfinger, den zum Zeigen ausgestreckt, der Daumen gleichsam wie am Abzug über die drei anderen greifend, gewesen waren, durch die Luft geknallt –, und den Geist, s o er denn keimt, den schießen sie tot! Wie er sich in der Schlossbibliothek vergraben habe, drüben, am anderen Ufer des Rheins, im auch nur, in Menschenaltern gerechnet, um weniges älteren Mannheim, ins Nationaltheater gepilgert sei, um etwas abzuhaben von den gedachten Gedanken der Vorweg-Denker – und doch! Berlin, diese Utopie, *Dream of a better Life*, war er ins Englische gestolpert – so ein Werk müsse man einmal schreiben –, auf dieses märkische, schwer fruchtbare Streu- und Schießbüchsenpulver gesetzt, das sei doch noch am ehesten seine Stadt. *So bli-*

cken wir auch hier keineswegs zurück, las er, seinen Münzer-Wälzer wie die Frohbotschaft u n d den Engel der Verkündigung in der rechten Hand balancierend, *sondern uns selber mischen wir lebendig ein.* – Wildwest! Ob er das verstünde, fragte er Regler. Und ohne auf eine Antwort zu warten, ja ohne sie auch nur im Geringsten zu erhoffen, fuhr er fort und hob zugleich noch einmal an: Von Berlin, der Tagtraum-Stadt am Meer, wo doch alles um sie herum ungeprägtes, sandiges, winddurchfahrenes Land sei, experimenteller Raum im höchsten Grade, ganz im Gegensatz zu den geschichtssatten, kulturgefütterten Städten, täuschend warm in den Bergen oder den Ländern des menschengenerationenlang gewordenen Raums gelegen –, sprach und sprach von Berlin, diesem (nachgerade und worüber man sich n i c h t täuschen könne) Haupt der Seestädte auf dem Land, doch von einem menschlichen Meer der Wendigkeit und Beweglichkeit durchspült, von dem man freilich noch nicht wisse, wohin es sich aufmache – fragwürdig, dunkel, er schüttelte den Kopf –, so sei Berlin, wie andere Städte Gespenst einer besseren Vergangenheit, das Gespenst einer besseren Zukunft – möglich, möglich, möglich, bedingt, hypothetisch, evident –, und er wiederholte noch einmal, diesmal in die Mehr- und Vielzahl gesetzt: *Dreams of a better Life! Dreams* – und er machte eine Pause, um der Sache Nachdruck zu verleihen und zur Coda umso feierlicher und mit Posaunen anzusetzen, dass es fast ein Ausruf oder kleiner Schrei wurde – *of a better Life!* Regler hatte verstanden. Auf seinen Fußwallfahrten durch das Millionengehäuse hatte er das kaum zu sagende Elend gesehen, den Machtkomplex der Industrie, den schwer verschanzten Militarismus, das letzte Patriziat des Bürgertums und seine Erbpfründe, den seelenlosen Luxus der Oberschicht – u n d den Menschen als gedrücktes, verächtliches, verschollenes Wesen in den Quartieren der Habenichtse, Leerschlucker und fruchtbaren Schöße. Aber dort hatte er auch die Menschen aufwachsen sehen, erinnernd das revolutionäre Erbe Sowjet-Russlands, hatte gesehen, wie die Macht, die die Maschinen geschaffen hatte, ihre Gegenmacht in Gang gesetzt hatte mit dem Willensumbruch zum Sozialismus, welche Not und Zufall der Herkunft würde zwingen können: In den Kampfprozessionen unterm

Glockengeläut der Schalmeien, unterm Weihrauch von Maloche- und Sorgeschweiß, den Bittgebeten der Transparente und Agitationen. Augenscheinlich lächerlich, doch unter den Nägeln welcher Brand. Er, der Kommunismusdepp, war durch Berlin hindurchgegangen wie ein Gesalbter durch das kommende Reich ihrer Zeit. Mit Händen schien es zu greifen zu sein. Sie hatten sich wie Unberührbare gefühlt, die sich von allem berühren ließen. Im Roten Block klaubte man die Arbeitslosen von der Straße auf und lud sie zum Essen, wiewohl viele von ihnen selbst Nichtshaber, Hungerleider, arbeitslos und nicht gewusst, woher das Geld für die nächste Miete nehmen. Sie waren Mühselige und Wartende gewesen ohne großes Gepäck. Er hatte zu Bloch hinübergelächelt, von Balkon zu Balkon, von der Bonner Straße 8 zur Kreuznacher Straße 52. Berlin: *Nichts mehr hält uns unter den ausgesessenen Dingen, wir fahren, wir träumen uns hinüber; schon der ungeheuer ansteigende Lebensdrang dieser Zeit speist sich aus neuen Quellen ...* – der mit dem Münzer-Wälzer und der Denker-Wolle hatte recht gehabt. // Regler sagt: Gustav – und streckt dem Radionisten die offene Hand hin. Der sagt: Heinz, Heinrich, wie du willst, Genosse – und schlägt ein. Du solltest Täufer werden, sagt er, Agitator, und schielt auf Reglers Kopf. Als ob er Gedanken lesen könnte. Der Bahnhof Rummelsburg kommt in Sicht, die Klinker rotzgelb, ohn' Makel, und plärren noch nach dem Brennofen. Das Kohlekraftwerk Köpenicker Chaussee drückt seine sieben Schlote in den Himmel, der am süßen Rauch hängt wie ein Morphinist. Ein geräumtes Kolonistenhaus, dem der Putz abhandenkommt, hat Zustrom. Ein Fastnoch-Milchgesicht, zwanzig hin oder her, mit schnieker Matrosenmütze, flatternden Bändern und -anzug grinst sie breit an, zeigt die blanken schönen Zähne und dreht sich dann, eine Backpflaume zwischen sie stopfend, den rechten Arm mit der Fausthand lässig demonstrierend, den anderen zu. Ich taufe dich, Heinrich, sagt Regler – und fährt seinem Genossen mit einem Doppelarmgriff an die Schultern, Aug in Aug, – im Licht der grellen Bogenlampen, die den Boxring umstehen, und im Zeugenstand der hölzernen Sitzbänke, die der Härte und Unbequemlichkeit wegen unser zugemessener Platz sind, auf die Namen *riskant / unkultiviert / unwi-*

derstehliches Leben / überschwänglich / unenttäuschter Geist / gestirnt vom Boden bis zum Scheitel / Berufer, Schöpfer, Erzwinger des Reichs! Amen, sagt Heinrich, versetzt Regler einen kleinen läppischen Streich auf die Backe, als wollte er ihn liebkosen. Der Feiste aus der Belle-Alliance-Straße hat recht, sagt er. Einer, wie ihn nur Berlin ausbrütet. Nun sind die Söhne groß, ihr Väter! Und hauen euch die Welt um die Ohren! *Und prunken mit der roten Götterstirne, / nackt und im Taumel des entbundenen Bluts.* Meine Fresse. Hol Lumpen, um die Sauerei aufzuwischen! Und lass die Wöchnerin kommen, dass sie das Kind säuge! Regler zieht den Kerl von der Hüfte her an sich. Tauscht kurz die Wärme. Und lässt ihn dann wieder los. Ein Kriegsinvalid' im Rollstuhl mit Handpedalerie, die den Wagen vorwärtspumpt – neben dem Wagen läuft ein Knirps gleichauf mit nacktem Oberkörper, barfuß, geschornes Haar und Badehose, wie ein Trabant seinem Planeten treu, und schaut den Alten, Versehrten, Großen aufmunternd, altklug und allwissend an –, treibt an ihnen vorbei. Einer hat ein Kopftuch um den Schädel geschlagen, einer trägt einen steifen Hut auf provokant elegant, Schiebermützen sowieso, ein Hagerer im grünen Drillich grad von der Werkbank, eine im grauen Kittelkleid mit roter Weste darüber, als käme sie vom Waschplatz, ein Seitenscheitel, ein Topfschnitt, einer mit Stirnglatze und Restkamm in der Mitte und rothaarig (wie ein Echo der Weste), ein Backenbart, Schnauzer von braun bis grau, ein Rauschebart der alten Garde mit Latzhose und fehlplatziertem Blumenstrauß (Rosen, Nelken, rote nur nicht welken), einer die Hand auf der Schulter der Vormanns, Lackierer oder Bäcker im schmutzigweißen Gewand – *wir haben genug Weltgeschichte gehabt*, denkt Regler, *es war auch genug, zu viel, viel zuviel …* Der Radionist drängt ihn zu den anderen; flüstert, als wäre es ein – noch zu hütendes – Geheimnis, Wort für Wort: *offen / regt sich / ein anderes, / ein unwiderstehliches Leben …* Er macht ein PFFFT aus den aufgeblasenen Backen, stößt Regler an, es ihm nachzutun. *… der enge Hintergrund der Geschichtsbühne entweicht …* Sie schauen sich in der Menge um wie in sich selbst: Kohleträger, Zuchthäusler wegen einem Ein-paar-Pfennig-Brot, Abdecker, Fein- und Grobmechaniker, Näherinnen, Maschinenwarte, Werkzeugmacher, Bauschlosser, Hausbesorger, Kuriere, Zeitungsausrufer, mehr mehr mehr, Borsalinos, Schiebermützen, Schildkappen, Kopftücher, unbedeckte Köpfe, dann zunehmende Schwärze, die – was? – ankündigt? – Wie ein Bild. Vielleicht wird es später einer malen. – *Darum zum Ende: wir selber schreiten derart, indem wir das Leid und die Sehnsucht denken, in unseren inneren Spiegel hinein.* // Da ist einer in die große Stadt gekommen. Einer, der genau hinschaut, sagen die einen. Einer, der nicht so genau, die anderen. Keiner hat recht. Da ist einer, der durchschaut.

Volk der Freien oder Zecken sterben nie

Aus halber Frühjahrswut aber
Formte das Blut seine Blume:
Den Gansschrei liebten die
Den ersten März des Lebens.
(Uwe Kolbe, Landschaft)

Lena hatte Paul vom Wagenplatz in ihr besetztes Haus mitgenommen. Wortlos, mit nichts in den Händen hatte sie ihn vor Aaron hingeschoben. Dessen roter Irokesenkamm hatte ihm da entgegengeleuchtet, und er hatte die Büffel in der Nase gehabt von wegen der Lederhose, die Aaron selbst jetzt, bei der beginnenden Hitze trug – was Paul nicht verwunderte, sah er doch wie ein aus der Spur geratener Indianer aus. Er hatte ihn restlos verstört mit seiner Unbedingtheit. Mit seinem Zorn, wenn er von den Vernichtern der Erde sprach, wie er die Regierenden nannte, und mit seiner Liebe, die Paul gleich am ersten Tag aus den strahlenden Augen entgegenschlug. Paul, dem Winzling und Leichtgewicht mit seinen verfilzten Zöpfen und dem Geruch von Räucherstäbchen auf dem Leib. Sie hatten „Goldnes Kalb" gespielt – als wären sie Kinder, deren Körper ihren Schwerpunkt bloß ein wenig Richtung Himmel verlegt hatten – und Paul war durch den Flur gebrescht und hatte immer nur gerufen und dabei den Finger auf Aaron gehalten „Du bist Aaron, du bist Aaron!" Sie hatten eine Truhe mit Eisenbeschlägen auf eine Klappleiter mitten im Raum gehievt, und Aaron und Lena waren drum herum getanzt, das zuchtlose Volk Gottes. *Zuchtlos*, hatte Paul geflucht, dieser Wiedergänger aus dem Totenreich der Geschichte, was das solle, doch Aaron hatte das auf später verschoben, ein Trostgebet für ihn hintan. Da hatte Paul, folgsam wie Mose, seine Steintafeln zerbrochen, es waren Brocken von Pflastersteinen gewesen, die er über die rohen Holzdielen gekickt hatte, und mit Widerwillen in der Stimme geschrien: „So spricht der Herr, der Gott Israels: Ein jeder gürte sein Schwert um die Lenden und gehe durch das Lager hin und her von einem Tor zum andern und erschlage seinen Bruder, Freund und Nächsten." Paul mochte Gewalt nicht. Er hatte sich auf den Boden vor die Klappleiter gepflanzt und der Bierflasche an seiner Stiefelsohle den Deckel abgesprengt. Aaron hatte ihn hochgerissen, und Paul hatte im Hochreißen mehr geflüstert als gesprochen: „Füllt heute eure Hände zum Dienst für den Herrn – denn ein jeder ist wider seinen Sohn und Bruder gewesen –, damit euch heute Segen gegeben werde." Mit einem Fluch auf den Lippen war er wieder vor der Leiter zusammengesackt, während Aaron, das Bier in der Hand, neben ihm in der Hocke, losredete, fast atemlos. „Weißt du, was uns treibt?“ Paul hatte den Bierdeckel zerdrückt und den Kopf geschüttelt. „Begehren. Liebe zum Guten. Ablehnung des Schlechten. Sagt der Philosoph. Und unsre ganze Aggression ist bloß die Hoffnung auf das Gute und die Furcht davor, dass es noch schlechter wird da draußen.“ „Philosoph“, hatte Paul verächtlich ausgestoßen, und doch hatte er verstanden. Liebe zum Guten. Begehren. Das war, wenn Lena in ihren Gemüsebeeten im Hinterhof wühlte, wenn Eisbein, Aarons schmutziger Köter, sich im Dreck wälzte vor lauter Übermut und er sich mit Aaron im Gras, weil sie Wurzeln schlagen wollten. Das ganze verdammte Gold zurück in die Erde graben. „Wenn wir uns ins Bett hauen“, hatte Aaron geflachst, das Siegeszeichen beschworn und Paul am Kragen gepackt, „und uns alle lieb haben oder wenigstens zwei einander.“ Nichts mehr allein und nur für sich. Und das goldne Kalb, hatte Paul gerufen und war aufgesprungen, das sei der Abgrund, in den die Menschen jetzt blickten, weil niemand sein Essen mit dem anderen teile, sein Gemüsebeet vermine und sogar um seine Garage noch einen Elektrozaun bolze. Unzucht. Und keiner, der dreinschlagen würde. Am Tisch, wie in einem Nachklang der Erregung, hatten sie dann ihre Teller reihum ausgeleckt und eine von Lenas Melonen mit dem Messer geköpft wie mit *einer* Hand. Betrunken von zwei Bier, hatte Aaron, an die Flurtür gelehnt, nach Pauls Lippen gesucht, immer den Räucherstäbchen nach, als der Drückschalter summte und das Licht ausging – „Die Erde wieder ein Garten. Wir die Hüter.“ – und Paul hatte sofort Aarons tierischen Schweißgeruch in der Nase gehabt.

Im selben Sommer havarierten zwei Atomkraftwerke. Hitzestürme fegten über die Äcker im Osten des Landes und im dritten Jahr in Folge verdorrte das Getreide auf den von Tiefpflügen und Saatgutbeize verwüsteten Böden. Tektonische Beben sprengten das große transatlantische Kabel, und das Reißen der Saiten grub sich durch die Platinen der Großrechner wie Gletschergeröll. Aus den auszitternden Greifarmen der Umformer schossen Blitze, Gottesanbeterinnen vor nächtlichem Himmel. Das Land versank und stand in seinen Metropolen wieder auf. „Heer der Willigen“ nannten die

Regierenden diejenigen, die in die Fabriken der Metropolen strömten, vor den Öfen der Kraftwerke Kohlestaub schluckten und auf den Höfen um die großen Städte herum als Maschinisten, Melker und Schlachter anpackten. Wärme, Nahrung und Güter für die großen Besitzenden. Man gab ihnen das Nötige zum Leben und ein wenig mehr, und sie waren glücklich, nicht in die kalten Dörfer mit ihren dornigen Äckern, nicht in die zersprengten Städte mit ihren marodierenden Banden zurückkehren zu müssen. Dort lebte der Schaum des Abschaums. Volk der Freien nannten sich welche, die sich selbst vor den Pflug spannten und aßen, was sie dem Boden abrangen. Andere zogen wie Erweckte durchs Land und tauften im Namen von fratzenstarrenden Göttern oder wartend auf die Ankunft exakt beschriebener Raumschiffe, kiemenartige Gebilde, mit Erleuchteten von transgalaktischen Planeten bestückt. Wieder andere hatten sich in Baracken am Rand der Gewerbeansiedlungen eingerichtet, die rostenden Einkaufswägen voll mit Dosenwurst, Dauerkäse, Schnaps und Essig in Kanistern und Skianzügen für die Zeit des Schnees und glitzernden Sakkos aus Polyester für die Zeit des Frühlings.

Im Winter war Paul von seinem Bauwagen vor Aarons Ofen und in dessen Bett gewechselt. Die Wagenplätze wurden dichtgemacht. Die Regierung der Willigen duldete nichts zwischen sich und ihrem Volk. Aarons Bettzeug roch, wie bei ihm, nach Holzbrand und den Scharmützeln der Nacht. Sie hatten vor dem Ofen gehockt, jeder ein Fell unter dem Hintern, Lena mit parfümiertem Tee und Joint zwischen ihnen und Eisbein. Es war ein Dasein auf Zeit, solange, bis sie auch die letzten besetzten Häuser ausräuchern und deren Bewohner in plombierten Eisenbahnwagons ins Nichts, in die große Ödnis vor dem unsinkbaren Glanz der Metropolen, wie sie es nannten, verfrachten würden. Ohne Strom, ohne fließendes Wasser, ohne Medizin. Tot und frei, so stand es auf den Plakaten der S-Bahnhöfe. Allen zur Abschreckung. Man las es im Ruß der Lokomotiven, mit vom Schwefelrauch brennenden Augen, gierig und im Licht der Entronnenen. Draußen waren die Backsteinfassaden mit dem anziehenden Abend schwarz geworden, und sie, die Kälte und Dunkelheit des Raums im Rücken, hatten für den Moment geglaubt, dass die Kälte die Schwärze hervorbringt wie das gelbe Leuchten am Morgen den neuen Tag. Lena hatte das Lied von den hungrigen Mäulern aufgesagt. Dass sie im besetzten Haus zu zehnt vor dem Ofen gehockt hätten bei klirrender Kälte und dass sie gedacht hätten, wenn sie die Tür nicht nur einen Spalt, sondern einen ganzen Meter breit aufstießen, dann säßen auf einmal zwanzig Verlauste mehr vor dem Feuer. Irgendetwas von wegen überspringender Glut. Da hatte Aaron sich im roten Schopf gekratzt und an seiner Hand geschnüffelt wie einer, der Witterung nach sich selbst aufnimmt. Paul hatte an die Aschetonnen im Hof gedacht, die nur voller wurden mit jedem ausgekratzten Eimer, keine Spur *mehr* Silber, trotz Bad im Abendlicht. Keiner würde kommen und freiwillig ein Stück Kohle dazulegen. Die Glut würde verrecken. Mit den ersten Knüppeln der Polizei, mit dem ersten geräumten Haus hatten sie gelernt. Dass die Glut auf die Straße gehört, nicht in den Ofen. Paul war aufgestanden, hatte aus dem Fenster gespäht, ein Hund, der an der Ecke sein Geschäft erledigte. Lena hatte da zwischen Tee und Joint etwas gesagt vom Hunger, der groß ist, und dass Hunger auf jeden Fall mehr meint als den Teller Suppe mit eingebrocktem Brot darin. Und überall diese Hungrigen. Aaron hatte Würggeräusche gemacht, gelacht und auf den Hundehaufen gezeigt. Paul hatte es brennen sehen, erst schwelen, dann lichterloh, doch das Bild log. Er hatte ein Stück Kohle genommen und es Aaron in die Tasche gesteckt. „Den glimmenden Docht wird er nicht auslöschen", hatte der ihm zugeflüstert, plötzlich wieder angedockt. „Kannst du nachlesen. Irgendwo da drin." Er stocherte abwechselnd auf Pauls Herz und auf seins, zog ihn aufs Bett, scheuchte Lena mit einem Wisch der Hand zur Tür, die sie offenstehen ließ – ihr alles verschwendendes Lächeln im Rückblick: da hatten sie ihren Segen –, Tee rann über die staubigen Dielen, „Das Volk der Freien", flüsterte Aaron, „Allen alles".

Das besetzte Haus war über Nacht geräumt worden. Hunderte gepanzerter Polizisten hatten die fünf Handvoll Bewohner aufgetrieben und in fensterlosen Kübelwagen zum Güterbahnhof verbracht.

Die Fahrt in den Viehwagen hatte drei Tage gedauert, durch Dörfer mit grauen Fensterscheiben und schwarzen Gardinen, Städte, auf deren Bahnsteigen Rudel Halbstarker vor Öltonnen tanzten, in denen Feuer glommen, Kinder – Götterbastarde, aus jeder Art geschlagen, – mit Zahnbürsten den Dreck aus den Drahtgittern der Bänke filzten und sich die Finger leckten danach oder sich von fliegenden Händlern ein Eis direkt in die Hand erbettelten, braune ungemähte Wiesen und Feldbrachen, von Quecke und Disteln überzogen. Schwarzuniformierte hatten die Türen aufgeschoben, Gewehre im Anschlag, und in Richtung neues Leben genickt. Eine Kommune inmitten totgesagter Erde, zwei Stunden Fußmarsch entfernt. Sämtliche Heimsuchungen schon im Rücken. Die Plagen vor ihnen noch ohne all ihre schönen Namen. *Maikäfer, flieg. Dein Vater war im Krieg.* Aaron, sein Kamm ein Feuerschein, war mit dem Haufen Langhaariger, Zottliger und zerrissener Hemden losgezogen.
Eine Woche vor der Räumung hatte Paul seinerseits Lebwohl geprobt und war nach Weimar los, ein Hausprojekt beschnuppern, ob es etwas wäre, denn der Boden brannte für sie in der großen Stadt. Parasiten nannten die Regierenden sie, Stachel im Fleisch der Willigen – und der Geruch größerer Brände lag bereits in den höheren Luftschichten. Einen Tag und eine Nacht hatte er am Bahnhof auf den Lokalzug gewartet, und in den Holzwagen mit der Lok aus der Zeit vor den beiden Kriegen, krokodilsgrün, mit genieteten Blechen besetzt, kam es ihm vor, als führe er in das, was sie Zukunft nannten. Nach sechs Wochen erreichte ihn Aarons Brief. Aus der Kommune inmitten der totgesagten Erde. Auf dem Umschlag klebte die Marke mit dem Brandenburger Tor, hundertmal von seiner Zunge beleckt, und er wusste nicht, wie Aaron es geschafft hatte, den Brief auf den Weg zu bekommen zu ihm, bestand doch nur noch Frachtverkehr zwischen dem, was sie als Metropolen zu den Sternen schossen, und, wenn es hochkam, einmal im verlängerten Lichtjahr von dort ins Land der totgesagten Erde. Eiland der Unseligen auf ihre letzten Tage. Der wackeren Maikäfer Luftnummer. Land ohne Gewähr, Land unter, niemands Land. Paul bleckte die Zähne. Land vor die Hunde. *Pommernland*

ist abgebrannt. Paul schnürte seine Stiefel und stopfte seinen Seesack. Klopfte den Gastgebern auf die Schulter und winkte mit dem Kopf den Abschiedsgruß. In der Morgendämmerung des zweiten Tages passierte der Zug, eine Legion von Güterwagons mit einem halb ramponierten, bis auf die Gerippe der Polstersitze ausgeweideten Pullmanwagen hinter dem Bug der Maschinen, die Nord-Süd-Hochspannungstrasse, dreimal mannshoch mit Stacheldraht bewehrt, von Hubschraubern überwacht, in den Leitungen zirpte der Strom aus den Kohlekraftwerken, die in den Wüsten um das, was Leipzig geheißen hatte, brüteten. Aaron hatte ihm auf zwei eng mit seinen nachgerade winzigen Buchstaben bedeckten Seiten berichtet, was käme. Wie kalter und warmer Regen zugleich, hatte Aaron geschrieben. Schwere Pferde, die den Pflug zögen. Gemüse für alle. Lageräpfel für mehr als den Winter. Holz, stämme- und stapelweise, und er hatte mit halb neckendem Unterton von den Muskeln geträumt, die ihnen wachsen, und von den Zähnen, die ihnen wegbrechen würden vom ewigen Getreidekauen. Paul sah sich am Brunnen Wasser holen, große Blecheimer, dachte an die Zahnschmerzen, die erst enden würden, wenn das Stummelchen ausfiele, er sah ihren, seinen und Aarons Bauwagen am Rand des Walds, Brombeerranken drumherum, echte Dornröschenstacheln, scharf auf jeden Feind, Aaron bei jedem Wetter – bei Wind und Regen, Südhauch und Polarsturm, bei Sau und Sonne – in seiner Lederhose, beim Unkrautjäten, beim Rübenputzen, auf dem Plumpsklo, er sah die dampfenden Pferde, die das Holz aus dem Wald herausschafften über den krachenden Schnee, er sah sie zusammen alt werden und *nicht* an Wundbrand sterben, das Krankenhaus weiter als tausend Meilen unter dem Meer.

Der Zug hielt, und noch während er seinen Seesack mit dem Fuß Richtung Bank bugsierte, fuhr er schon wieder an. Im Augenwinkel sah er die rauchbleckende Tonne am Ende des Bahnsteigs, als von der anderen Seite ein Schatten über ihn ging. So schnell er sich umdrehte, schneller waren die Fäuste der grinsenden, zahnlückigen Glatzköpfe, die ihm, der Zecke mit den Zotteln, ins Gesicht flogen. Er drehte sich, stieß im Wegdrehen mit den Füßen gegen den Seesack, eine Glatze kickte ihm den Stiefel in die Kniekehle, der Schmerz kam so plötzlich und mit ganzer Wucht, dass er den Fall kaum spürte, noch ein Tritt in die Seite, sein Kopf schrammte, von seinen in welchem Reflex auch immer hochgerissenen Händen halb geschützt, über das Pflaster, das mehr silbern als grau aufblitzte, sein Stiefel gab ein schneidendes Geräusch auf dem Stein, wie sein Fuß, warum auch immer, ausklappte, und sein Stück Kohle kollerte genau in dem Moment aus der Tasche.

Dann rief Aaron. Paul saß auf der Bank, drehte sich zu ihm um, sah ihn hinter dem Schuppen hervorkommen und winkte. Aaron sprang ins Gleisbett, der Schotter knirschte, er lachte und stemmte sich hoch am Bahnsteigrand, zeigte seine schwieligen Handflächen wie Trophäen und warf ihm aus dem Schwung der Bewegung, die ihn aus der Hocke in den Stand brachte, über den halben Bahnsteig einen Apfel zu. „So schmeckt das Paradies", rief er, als Paul ihn küsste, und Paul wusste nicht, ob er den Apfel oder seinen Kuss meinte, und rammte ihm seinen Kopf in den Bauch, aus kindischer Lust. Lena stand beim Schuppen mit einem Sackkarren. Mehr als genug für sein bisschen Huckepackkram.

Aaron kniete neben ihm. In seiner hundertmal durchgeschwitzten und nass gewordenen Lederhose. – Er roch es. Er sah, wie sein Mund sich bewegte, doch er hörte nichts. Lena kam angelaufen; drängte sich an Aaron. Vor ihren Füßen das Stück Kohle. Vorsicht, wollte er rufen, die glimmt noch. Dann hörte er die Büffelherden anrennen oder seinetwegen mochten es auch Bisons sein. Schweres Beben über der Erde. Aaron sagte wieder etwas, der heimgekehrte Indianer. Und klar, von daher auch die Büffel. Das geknickte Rohr wird er nicht zerbrechen, und den glimmenden Docht wird er nicht auslöschen, sagte Aaron – klar, Zecken sterben nie, das Volk der Freien.

Im Gleisdreieck

Marek erzählt:
Libuše hat wieder mit Räucherstäbchen gekokelt, von wegen Geister besänftigen, hat sie gesagt. Schlecht ist ihr davon geworden. Vielleicht, dass ich das auch mal brauche, aber nicht vor diesem dicken Weib da, das Libuše so anschmachtet. Sie sagt, man nennt sie Heilige Mutter Maria. Die ist in den Himmel aufgefahren. In diese Sommerbläue! Von daher soll das Leben nicht endlich sein. Sie nennt das Gnade (–) und kokelt mit den weißen Sommerwolken um die Wette. Vor *der* zünd' ich mein Baumharz nicht an. Ganz in der dunklen Ecke, Thymian drauf und dir wird schlecht vor Gnade. Auf dass das Telefon noch einmal läute. Libuše sagt, Maria hat gesagt, der Kasten geht noch. Ich nehme den Hörer ab, zur Probe, presse ihn ans Ohr und sauge an seinem Puls.
Maria kommt mich besuchen. Sie darf unter der Gnadenmaria schlafen. Ich baue ihr das Feldbett auf. Sie sagt, es ruft einer an, ein alter Freund von ihr aus Wiener Zeiten. Maria sagt, er kommt und bringt einen Projektor mit. Er ist ein Reisender in der Zeit. Wie meine Trambahn noch gefahren ist (18 Petřiny – Vozovna Pankrác). Maria sagt: Bilder, die von einem inneren Sonnenlicht bewegt werden. Die ein Leben aufgespart haben und von dessen Energie noch zittern.
Ich laufe vom einen Hügel zum anderen Hügel. Na Petřiny hinab, die Arme zum Flug ausgebreitet, das schlagende Gras liebt mich. Ich lese die rostigen Adern im Pflaster (Geleise). In der Serpentine fallen die Kuppeln, die braune Nikolas-Mütze schon ganz schief vor Sehnsucht nach der Erde. Von wegen Himmelfahrt. Libuše sagt, der Rauch darf nun wieder in den Himmel steigen, so direkt, und ohne Umweg.
Dienstag ruft keiner an, Mittwoch ruft keiner an, Donnerstag grillt Maria kleine Stichlinge unter der Gnadenmaria. Ich werfe Thymian drauf, von wegen Geister besänftigen.
Am Freitag schlafe ich vor dem Telefon-Häuschen. Der orange Hörer wächst mir in die Augen, so starre ich den an. Das Schnarren zieht mich aus dem mürben Traum. Noch ein wenig das Orange der Augendeckel kosten, bis ich abnehme. Ich spreche leise mit ihm. Mit meinem Herzen. Rádev, sage ich mir, komm. Rádev, lass

meine Bahn fahren. Ich weiß nicht, wie er heißen will, ich nenne ihn Rádev. Das passt zu Marek, sage ich, sagt Maria. Rádev, sage ich ihm, ich rasiere meine Haare noch kürzer, dann erkennst du mich gleich, wie ich trepplings vor der Kirche sitze oder vor meinem Tramwagen. Am Fuß der Vyšehradská stehen geblieben; wenn du die Biegung hinter dir lässt, siehst du schon die Holundersträucher und stolperst in den Hasenstall. Kann sein, ich vergrabe mich im Gras auf den Terrassen des Botanischen Gartens. Unkräuter aus aller Welt. Bring die Sense mit, der Pfad ist schmal und wenig ausgetreten. Gibt es bei dir Birken?, frage ich, er lacht, viele viele, (und so sehe ich seine Stimme: zart, präzise, beim nächsten Windhauch schon fort).
Libuše bringt mir ein Bier. Der Asphalt dampft, ich hake mich bei ihr ein, wir stoßen im Gehen an und verschütten die Hälfte. Das Trankopfer besänftigt die Hitze. Maria meint, das ist nur die Sonne, die weg ist. Libuše kitzelt mich, drückt mir die eisige Bierflasche auf den Bauch, lacht und nuschelt etwas von ‚Rádev' oder so. Libuše ist überhaupt ein unmöglicher Name, denke ich.

Libuše erzählt:
Ich räuchere zu viel, ich bete zu viel, ich opfere zu viel. Das meint Marek. Neulich habe ich ihn ertappt, wie er hinter meinem Marienaltar Baumharz und Kräuter verbrannt hat. Auf einem kleinen Grill aus zwei Ziegelsteinen und einem Blech. In der Hocke, mit konzentriertem Gesicht. Was er vor sich hingesagt hat, habe ich nicht verstanden, aber es scheint ihm wichtig gewesen zu sein. Er hat nicht *einmal* aufgeschaut, so bei seiner Sache war er. Es gibt keine Götter mehr, Libuše. Das sagt er. Die Gleise seien verrostet, die sie gebaut haben. In ihren Kirchen lebten jetzt wir, zu Recht. Vielleicht, dass wir sie noch ein wenig erinnerten, generationenlang eingeimpft, aber das sei nur ein Reflex.
Marek sitzt jetzt fast täglich vor dem Telefon-Häuschen. Er breitet seine Lederjacke aus, hockt sich nieder. Schlägt die Beine übereinander, dreht sich eine Zigarette und schließt die Augen. Du meinst, er meditiert. Ein Rádev hat angerufen, ruft nochmal an. Ob du es

glaubst. Manchmal drückt er den Hörer aufgeregt lange ans Ohr, dass meins schon vom Zuschauen rot wird und pocht. Rádev lässt die Bilder tanzen. Meine Namensschwester soll ich sehen, wie sie Prag segnet. Dieser Traum: Ich esse, ohne satt zu werden. Am Morgen wache ich auf ohne irgendeine Geschmackserinnerung. Ich kauere vor meinem Altar, Marek brüllt Lindenblüten (was schmeckt besser?); ich möchte die Bäume schütteln, dass der Duft mich nicht verlässt. So ein Anbeginn der Zeit. Nicht zu greifen. Libuše heißt heute keine mehr. Schon als Mädchen habe ich mich alt gefühlt mit diesem Namen. Nur weil meine Mutter diesen Namen auf einer Pfanne gelesen hat, wo nie etwas eingebrannt ist. Und dann, übermütig: nennen wir das Mädchen doch Libuše.
Ich bete um ein Leben nach dem Tod. Eine Himmelfahrt im Fleisch würde mir schon gefallen, zumindest, wenn es sich so anfühlt wie Mareks samtenes geschorenes Haar.
Marek darf in meiner Kirche wohnen, wenn es ihm in seiner Tram zu eng wird. Ich reiße den jungen Holunder aus, der sich zwischen die Stufen drängt, so gut es geht. Soll Marek auch sagen, es sei ein Zeichen, dass die Götter aufgegeben haben, wenn die Natur zurückkommt.
Ich werde ihm ein Bier bringen; er vergisst es ja überm Meditieren.

Im Gleisdreieck. Auf! Wieder ein Doppelfauchen. Lass doch das junge Grün der Birken. *Die* treiben *schon* aus dem Verholzten. Lass doch. Jetzt fallen die Züge ein. Das Birkengrün wird gekämmt. Wenn's flirrt, scheint es bald stillzustehen. Ihm ist, seine Haut würde gestreichelt; so dass er den Kopf in den Nacken legt, Augen schließt, das zarte Aufbegehren seiner Haut kostet (lange hat er das geübt). Seine Zeitmaschine. Sobald der Flieder duftete, Frühsommer nannte das Maria (Café Club International, Brunnenmarkt, Ottakring, Wien), packte er oft Filmprojektor und Filmrollen in den Beiwagen seiner BMW, die durfte nur schwarz sein, fuhr nach Prag. Mein kleiner tibetischer Bettelmönch, sagte Maria, ums Essen brauchst *du* dich nicht zu kümmern, so wie du ausschaust;

dir geben sie den Reis in die Schale, ohne dass du *ein* Wort sagen musst. Eine Zeitlang saß er noch vor seiner Werkstatt (Metall, Film, Woher kommen wir? Wohin gehen wir? : Weg des Denkens). Die karge Sonne wärmte ihn. Dann ließ er den Boxer schnurren. Im verwaisten Prager Hauptbahnhof drehten sich noch die Gebetsrollen mit den Fahrplänen. Unter der dämmernden Kuppel hatte er den Projektor aufgestellt. Zuerst waren sie zaghaft und vereinzelt angeschlichen. Sie hatten ungläubig beobachtet, wie, ihre Eltern könnten das gewesen sein, man nach Fahrkarten angestanden hatte im dünnen Sommeranzug, als noch Züge fuhren, das verheißungsvolle Grün der Signale, die die Züge hinausgeleiteten über die Gleisharfen in den Tunnel. Dorthin ging jetzt der Sog der Blütenpollen. Ihnen zu folgen hatten sie sich verboten.
Das Café Medůza war eine Höhle. Das Kopfsteinpflaster trug Wellen auf und ab, die baumgesäumte Belgická duckte sich in den Himmel, den sie nur fetzenweise sah. Im Licht der Projektionslampe schlierte sein steinernes Blau: beruhigend ins seiner Unauslotbarkeit. Das Rauschen der Wasserspülung floss in die Köpfe, dass ihnen das Meer aufstieg. In langen Reihen (4 Čechovo Náměstí 6 Kubánské Náměstí 10 Sídliště Ďáblice 16 Spojovací 22 Nádraží Hostivař 23 Kubánské Náměstí, Namen, die nach mehr schmeckten als das tägliche Essen auf dem Tisch) rumpelten die Trambahnwagen aufwärts. Ihresgleichen schob sich hinaus und hinein. Wenn sie danach nach Hause gingen, begutachteten sie die verbogenen rostbraunen Metallschienen mit einer blöden Helligkeit in der Stirn. Manche folgten den Schienen, bogen an Kreuzungen noch entschlossen ab, doch je länger das Borstgras ihre Schenkel umstrich, desto träger wurden sie und mit einer stumpfen Blödigkeit legten sie sich nieder, schliefen ein.
In diesem Film entdeckte er ihn. Er nannte ihn gleich: meinen Bruder-Mönch. Seine Nase an die Auslagekästen gedrückt. Fast gierig schien er die ausgeblichenen Beschriftungen mit den Blicken festzuhalten, die doch nur Papierservietten mit Blumenmuster benannten. Die Schiefertafeln priesen gebackenen Käse, belegte Semmeln und in Essigsud ertränkte Würste an. Mit der Spiegelung der Auslagescheibe schaute er in seine unsicheren Augen (blau).

Hatte sich schon aus dem Film ausgeklinkt, nahm ihm die Brille ab, lachte, rief Hallo Hallo, bis der andere ihm über die kurzen Haare strich. Von der klebenden Luft in die Trafik hineingezogen kauften sie zwei Fahrkarten. Sie standen zwischen Häuserwand und vorbeifahrenden Trambahnen. Er liebte diese dichte, warme, süße Luft. Žižkovs Bonsai-Sträucher, welche die bröckelnden Gesimse befielen. Darauf deuteten sie und meinten eine andere Natur. Sie wussten: die kehrt zurück. (   ) Ein leichtfüßiges Ungetüm von Trambahn ging in die Bremsen, ein Aufstöhnen der Luft, eine Brise von der Endhaltestelle her, als wäre dort ein Seehafen namens Sídliště Ďáblice. Sie, eingestiegen, kauerten sich auf den Boden und begutachteten sich voll Neugier. Lächelten. Die Tram schoss die Straße abwärts, die, mitgerissen in einen verheißungsvollen Wind, für Minuten still blieb. Seine Zeitmaschine.

Als er denselben Film in der Stadt zeigte, die einst Wien geheißen hatte, Club International, das windige Café am Brunnenmarkt (Marias Café), war nur noch sein Schatten auszumachen. Als er den Streifen spät in der Nacht noch einmal betrachtete, war auch der verraucht. Sehnsüchtig suchte er die Bilder nach dem Schatten ab. Doch nur das steinerne Blau wuchs in den Auslagekästen. Bis er sich fast darin vergaß.

Nach Prag kehrten die alten Götter zurück. Auf dem Vyšehrad lohten, je höher der Sommer stieg, er mit nacktem Oberkörper die Filmrollen wechselte, in verblassten Farben die alten Schinken, wie handkoloriert. Libuše in hellblauem Tuffkleid, irgendwelche abgerupften Blümchen im Haar, kletterte auf den Felsen, von der Hitze benommen beschwor sie mit überkippender, vielleicht gerade deshalb raunender Stimme die bekannten Sätze (Město vidím veliké …). Vereinzelt Tränen auf den kindlichen Gesichtern. Gerührt sprach man ihre Worte nach wie Segenssprüche, deren Herkunft man bald vergaß. Manchem dienten sie später als unverstandene Formel beim Reinigen der Toilette. In den nach Gold und Glasfluss schimmernden Kacheln (wasserverschliert) der Medůza-Toiletten zitterte im Augenwinkel zuweilen Libušes Geste. Die Phalanx der Weihrauchopfer, der Sphingen, als Libuše durch die Säulenbündel der Peter-und-Pauls-Kirche tanzte und schritt.

Der junge Mönch träumt. Der junge Mönch schneidet seine Militärhosen ab. Es wird langsam warm, sagt er Maria. Im Winter kann man das ja wieder annähen, und er wirft die Stoffreste in den Papierkorb. Maria glaubt ihm. Der junge Mönch rasiert seine Haare noch kürzer. Er sitzt auf den Stufen vor seiner Werkstatt (Metall, Film : Wege des Lebens). Er versucht das Denken zu lassen und es gelingt ihm immer besser. Die karge Sonne wärmt ihn. Er steht an der Werkbank, führt präzise die Schweißflamme. Hinter dem Schweißgasfauchen vernimmt er nun die andere Stimme.
Noch hat er die Augen geschlossen. Jetzt stoßen die Züge im spitzen Winkel übereinander hinweg. Noch flirren wohl die Birken im Nachsog. Schon wird das Flirren schwächer. Zittert aus. (   ) Seine Brust aber wird gestreichelt. Er lehnt sich zurück und wird gehalten. Er deutet auf das Birkengrün (wie auf die Bonsai-Sträucher Žižkovs damals; vor langer Zeit), braucht die Augen nicht zu öffnen, weiß, dass der, welcher ihn hält, für ihn sieht. Das genügt ihm jetzt.

Hinweise

Transitverkehr

Die Erzählung bringt reale Figuren (Ernst Meister (1911-1979), Nicolas Born (1937-1979) Anna Seghers (1900-1983) etc.) mit der fiktiven Person von Thor zusammen.
Die Handlungsorte sind Hagen in Westfalen (Geburts- und Wohnort Ernst Meisters), West-Berlin, Ost-Berlin (Wohnort von Anna Seghers) und – angerissen – das Wendland (wo sich Born u.a. gegen das geplante atomare Endlager bzw. die Wiederaufbereitungsanlage in Gorleben engagierte).
Die Zitate stammen von der Band Ton Steine Scherben („Rauch Haus Song") sowie aus Gedichten und Prosa von Ernst Meister und Nicolas Born.
Haspe: Stadtteil von Hagen
Ennepe: Fluss im Sauerland und Ruhrgebiet
Gruga: gemeint ist die Grugahalle in Essen
Philipp Müller (1931-1952): starb bei einer Demonstration gegen die Wiederbewaffnung der BRD vor der Gruga durch Polizeischüsse.

Blaugluth

Pauls Tätowierungen entnehmen ihr Bildarsenal der „Mariade" von Ferdinand Wirth, Stadtpfarrer in der fränkischen Kleinstadt Aub; genauer: dort beschriebenen Sternkonstellationen.
Die „Mariade" entstand in der ersten Hälfte des 19. Jahrhunderts.
Die Zitate folgen der Ausgabe: Ferdinand Wirth, Mariade. Religiöses Epos in zwölf Gesängen. Würzburg (Verlag der Buchhandlung von Voigt & Mocker) 1844.

Mír a zdar dalekému i blízkému; zu Deutsch: Friede und Heil dem Fernen und dem Nahen

Sorgenkinder oder Sempre sempre

Zu Beginn wird aus dem Gedicht „Vítr jménem Jaromír / Der Wind mit Namen Jaromír“ von Jan Skácel in der Übersetzung von Reiner Kunze zitiert.

Die Anspielung auf derselben Seite „Tu deinem Namen die Ehre, du gar nicht mehr Friedfert'ger aus dem Land des ewigen Frühlings: Jaro - mír“ bezieht sich auf die Wurzeln des tschechischen Namens: jaro: Frühling, mír: Friede.

Ihr wisst ja nicht oder Die beste aller möglichen Welten

Aquí me quedo / con palabras y pueblos y caminos / que me esperan de nuevo, y que golpean / con manos consteladas en mi puerta; zu Deutsch: Hier bleibe ich stehen / mit Worten und Völkern und Wegen, / die mich von neuem erwarten und / mit bestirnten Händen pochen an meine Tür.

Die Rechtschreibung folgt, was Getrennt- bzw. Zusammenschreibungen, Apostrophierungen, Enklisen und Hervorhebungen angeht, dem Charakter der jeweiligen Erzählung und bleibt entsprechend vielgestaltig und eigenwillig.

Michael: „Schwerer werden. Leichter sein.“ – Das machen deine Illustrationen mit meinen Erzählungen. Ich hätt's nie für möglich gehalten! (Celan sei's gedankt, das herausgefunden zu haben.)

Gerhard: Großsiegelbewahrer & Button-Macher der Republik Volk der Freien! – Wo gibt's die Beitrittserklärung? (Gell, Joe!)

Der Autor

Bernd Marcel Gonner, geboren 1966, Luxemburger von Vaterseite, Böhme von Mutterseite, Alma mater: Uni Bamberg, war in den Asphaltstädten zuhaus und ist inzwischen weit weg von allem angekommen. Er arbeitet in einem unsortierten Mix von Lebendigkeit als freier Schriftsteller (Lyrik, Prosa, Theater, Kinderliteratur), Landschaftspfleger auf eigenem kleinen Hof sowie freiberuflich als DaFler.

Vom Denken und Haltung her ist er anarchistisch und kollaborativ: Der Mensch will bei der Hand genommen werden und kann zugleich gut alleine auf seinen zwei Beinen stehen.

Vielfältige Zusammenarbeit mit den Komponisten Bernhard Ruchti und Michael Maria Ziffels.

Für seine Arbeiten wurde er bereits mit mehreren Preisen ausgezeichnet, zuletzt 2017 mit dem 2. Preis des Lyrikpreises Feldkirch (ex aequo mit Johannes Tröndle), dem 2. Preis des Concours littéraire national (Luxembourg) sowie dem Hörspielpreis des staatlichen sozio-kulturellen Radiosenders 100,7 des Großherzogtums Luxemburg, 2019 mit dem 2. Preis des 6. Bonner Literaturpreises der Autorengruppe Dichtungsring und 2020 mit dem Gustav-Regler-Förderpreis des Saarländischen Rundfunks.

Der Zeichner

Michael Blümel, geboren 1967 in Bad Mergentheim.
1989 bis 1991 Studium an der Kunstschule Rödel Mannheim; parallel Studien der Kunstgeschichte & Philosophie an der Universität Mannheim.
1991 bis 1996 Studium der visuellen Kommunikation/Grafik-Design an der Freien Kunsthochschule Freiburg.
Lebt in Bad Mergentheim & zeitweise in Südfrankreich.
Regelmäßige internationale Kunst- & Ausstellungsprojekte.
Auftritte als Live-Zeichner & -Maler bei Lesungen, Konzerten, Kunst- & Buchmessen, mitunter beidhändig.
u. a. in Museen:
Annette von Droste Hülshoff-Gesellschaft/Burg Hülshoff,
Deutschordensmuseum Bad Mergentheim,
Kleistmuseum Frankfurt/Oder.

Werke in öffentlichen- & privaten Sammlungen, u.a.:
James Joyce Foundation, Dublin,
Heinrich Böll Stiftung, Berlin,
Franz Kafka Gesellschaft, Bonn,
Kunstsammlungen Reinhold Würth GmbH,
Literaturarchiv Marbach,
Sammlung Ourcival (France),
Sammlung Hobi (Schweiz),
Sparkassen Dresden und Leipzig.

… und zum Versepos **ODERBERGER**,
den Erzählungen **VOLK DER FREIEN** …
kommt noch …

Re – belln oder Künftige Hundsgesänge – Eine Novelle

Eine postapokalyptische Science-Fiction-Story, eine anarchistische Roadmap, vor allem und zuerst aber eine enorm romantische Geschichte um Freundschaften und Cliquen gegen den Rest der Welt.

Berlin, wieder von einer Mauer geteilt, doch unter umgekehrten Vorzeichen: Der Westen, unter dem Stern von Gier und Habsucht, schottet sich ab vom kleinen Land im Osten, das eine wahr gewordene Anarchie von Gleichen unter Gleichen lebt. Räuber macht rüber aus dem großen Land, verliebt in den rauen Baal, und schließt sich dessen Clique an. Alle eint die Sehnsucht nach einem erfüllten, unverstellten Leben, auch wenn es schmerzt in den Mühen der Ebene. Zwischen den halbzerfallenen Häusern wird Räuber zum Lehrer der Kinder. Doch seine Herkunft bleibt ihm auf den Fersen: Als die Übergriffe des Westens auf das kleine Land nicht aufhören, wachsen in ihm die Zweifel. Zweifel, ob die Gewaltlosigkeit, die er den Jungen vorlebt, als Antwort darauf genügt.

Bernd Marcel Gonner bei KILLROY *media*

ODERBERGER – Ein Versepos
ISBN 978-3-931140-35-9 , © KILLROY media Verlag, 2020

VOLK DER FREIEN – Erzählungen
mit Illustrationen von Michael Blümel
ISBN 978-3-931140-29-8 , © KILLROY media Verlag, 2020

Re – belln oder Künftige Hundsgesänge – Eine Novelle
ISBN 978-3-931140-36-6 , © KILLROY media Verlag,
erscheint 2021